彼女にミモザを贈るとき

月島美雨
TSUKISHIMA Miu

文芸社

目次

別れのはじまり

手元にある十五枚の名刺。その一枚一枚に役職も部署も違う自分の名前が記してある。こんなに多くの役割を担ってきたのかと、七希《なつき》は今さらながら小さく笑った。そして名刺を束ねて引き出しにしまう。

「じゃあ、社長に会いに行ってくるね」

「一人で大丈夫ですか？　何か……あるんですか？」

小川優子《おがわゆうこ》、宮園麻衣《みやぞのまい》、乾《いぬい》かおりの三人が一斉に不安気な表情で新庄《しんじょう》七希を見た。七希はそれには答えず、普段通りの様子をよそおって会社の執務室を出た。

「帰ったら絶対に教えてくださいね！」

小川の声が後ろから追いかけてくる。

七希はまだ彼女たちに退社することを告げていなかった。

地下鉄からＪＲ大阪駅で乗り換える途中、商業施設のなかを通り抜ける。するとふっくらとした鮮やかな黄色が視界に入ってきた。それは小さな花屋を飾るミモザの花だった。

七希は思わず花屋の前で足を止める。小さな丸い花弁をたわわにつけた枝は、その重みでガラスの花瓶からとびだして大きくしなっている。雑踏に混じりながらも、そこだけ春の気配がゆっくりと辺りに満ちていた。

もう、そんな季節か。営業に配属されて一年経ったのが、まるで昨日のことのようだ。そう思うと七希の胸に言葉にできない感情がこみあげてきた。

グループ会社に着き、社長室のドアをノックして部屋に入る。

七希が退職することを社長がどう受け止めているのか想像できなかった。少なくとも彼女は社長から信頼されている管理職の一人だったからだ。社長の岸田剛《きしだつよし》は、まず自らペットボトルのお茶とコップを持ってきてテーブルに置き、七希にどうぞと勧めた。

そう、すべての情報を事前に把握した上で、社長はまるで初めて話を聞くように落ちついた態度をとる人だったなと思いながら、七希は一礼して椅子に座った。

そして部署を任され、役職も与えてもらってここまできたが、数年前から別の道に進むことを考えており、今回の人事の内示が出たタイミングで退職を考えている旨を申し出た。

社長は黙って何も言わなかった。七希の言葉に半分嘘が混ざっていることを、岸田もわかっていたからだ。

五十七歳の定年間際で退職に踏み切るのだから、無数の理由が複雑に絡み合っていることを岸田も承知している。七希もまた、理由をわざわざ言葉にする気もなかった。

新年度の内示が出たとき、七希は自分が部署を束ねて指揮をとる姿をどうしても想像できなかった。だから永遠に続く、会社を成長させるためのバトンリレーの中で、自分のゴールを決めたのだ。前年度の派遣営業の売り上げ達成は当初、至難に思えたが、予想以上の結果が出せた。

しかし新年度は売り上げ目標が二倍になっていた。しかも期初の約束で伝えられていた昇給もなく、社歴の長い部下たちが相変わらず七希より高い年収を得ている違和感をどうしても払拭できない。七希はこれまで与えられた職務や、突然おりてくる会社の要求に懸命に応えてきたが、それも前期までと腹をくくっていた。

七希は先週、退職を告げた時の年下の取締役、渡辺良一《わたなべりょういち》との話し合いを思い出していた。

「中小企業でこれだけ業績が上がったのに、なぜほとんどの社員の給与が上がらないのでしょうか。利益が出ているのに、社員への還元はないのですか？」

「会社はずっと売り上げを伸ばして成長していくものなんだ。雇われ役員でしかない僕にそんなこと言わないでくれ。僕が決めたことじゃない」

渡辺の責任感のない言葉に七希は耳を疑った。日頃、取締役として皆の前で社員を鼓舞する強気な男の姿はそこにはなかった。そして不都合な時だけ、自分には決定権がないと開き直ったのだ。

オーナー会社に勤めるということはそういうことだった。

七希はいつも自分の言葉を呑みこんできた。

これまでどんなことがあっても「明日になれば忘れられる」と自分に言い聞かせ、ポーカーフェイスを貫いてきた。心の声が自分に「本当にこのままでいいの？　このまま年々、体力も気力もすり減らしながら会社に尽くすの？」と幾度となく問いかけてきたが、定年まであと数年、我慢すればいいと自分を諭してきた。

だが今なら……。

そう思った瞬間、彼女は、はっきりと渡辺に退職の意志を告げていた。

すると不思議と胸のつかえが取れ、それまで強張っていた身体に血が通うのがわかった。

七希は改めて自分の決意に全く迷いが生じなかったことに驚いた。感情の波風がたたず心は落ち着いていた。むしろシニアにさしかかる七希の夢の優先順位がもう仕事ではなくなってきている心の声に耳を傾ける。

いつか叶える夢でなく、「今」叶える夢を追いたいと思った。

そして七希は今、正式に退職の意向を社長に伝えている。黙っていた岸田がやっと口を開いた。

「当社のグループ会社の中で唯一の女性管理職まで上りつめたのに、退職となるとよほどの覚悟でしょう。あなたの能力ならうちでなくても、きっとどこでもやっていける」

岸田は丁寧に言葉を選んでいたが、どこか儀礼的で冷たかった。やはり自分の判断は間違ってはいなかったと七希は確信し、互いに感謝と労いの挨拶を交わすと社長室を出た。

結局、自分はこれまでどうしても埋めきれなかった承認要求を、この会社で満たすために在職していたことに改めて気づいた。そしてこの会社でさまざまな困難を乗り越えてきたからこそ、入社前には想像もできなかった力をつけた今、七希は全く違う景色を見ることができたのだ。

「業務委託のスキルのないうちの会社をどうか、新庄さんの力で救ってもらえませんか」

十二年前の四月、役員による採用面談で当時の社長の三木勇《みきいさお》からそう誘われた。その熱意にほだされ、二度と戻らないと誓った人材サービス業に七希は戻る決意をしたのだ。

その時の三木の期待に満ちた共感の笑顔を彼女は今でも鮮明に思い出せる。

そして、それが七希のスタッフリンク・エージェント社での怒涛の日々の幕開けだった。


新庄七希が新卒で入った会社は、システム開発とプログラミングを一手に引き受ける大手メーカーのグループ会社だった。バブル世代とはいえ総合職の女性の採用比率は当時五パーセントの狭き門で、女性の多くがまだ事務職希望だったが、七希はそこで技術を身につけて長く働きたいと考えていた。

しかし入社直後から、プログラム開発やシステム構築ができる、即戦力のある優秀な人材に囲まれて、七希はたちまち落ちこぼれてしまった。社会に出てそれが最初の挫折となる。

上司は七希を一人前のプログラマーに育てようとサポートしたが、彼女は求められる能力に応えるセンスや適性、そして何より情熱が欠けていた。だが親の手前、体裁を取り繕《つくろ》いながら六年半勤めた後、晴れて刑期を終えた囚人のように二十八歳で退職した。

その後、前の会社で出逢った貴志《たかし》と結婚する。貴志は優しく誠実で夫としては申し分なかった。しかし結婚後、夫の両親の事業が経営困難に陥り、借金を抱えて倒産してしまう。長男の貴志も父親の借金の保証人となっていたため、七希と貴志は夫婦で返済に回らなければならなかった。貴志は昼の仕事とは別に週末は他の仕事をかけ持ちし、新婚の蜜月など二人にはなかった。

七希は最初、アルバイトで企業展示会の受付を始めた。すると人の取りまとめが上手いと社長から見込まれ、マネージャー職に就いた。

しかし展示会の運営は中小企業が多く、常に仕事があるわけではない。不安定な就業環境から、七希は思い切って大手外資系派遣会社のコールセンターの管理者に応募したところ、採用されたのだ。

ここで彼女に大きな転機が訪れた。ちょうど世間でコールセンターが流行り始めた頃だった。世情の勢いもあって、キャリアアップと割り切って新規のコールセンターの立ち上げプロジェクトに携わりながら、七希は人脈を広げ、スキルを伸ばしていく。

義父の借金を返すことに加え夫婦の将来を考え、七希は昇給とインセンティブが見込める新規プロジェクトの立ち上げに積極的に関わった。社内で業績を上げると評価され、彼女の承認要求は満たされた。経済的な理由も手伝って仕事に夢中になった。

当然、夫婦二人の生活はすれ違うことも多かったが、誰にも頼らず二人で大きな問題を乗り越える自負心はかえって夫婦の絆を強くした。しかし時間は残酷で、気がつくと七希の出産適齢期はリミットに入っていた。婦人科の主治医から何度も早い方がいいと忠告されながらも彼女はなかなか子供をもつ決断ができなかった。

夫婦で話しあいを重ねるが子供がいる将来像がどうしても抱けないまま時は過ぎた。特に七希の父親は孫を渇望していたが、応えられない負い目から逃れるように、彼女は社会的に信頼される完璧なキャリアウーマンを目指した。

月日は流れて借金返済の目途も立ち、新築のマンションも購入して、夫婦そろって食事がとれる家庭が築けたのは、七希が四十歳に手が届く頃になっていた。

夫婦の時間を取り戻そうとある年、二人は三泊の箱根旅行に出かけた。初日の夜、ホテルでの夕食の時、七希は夫との間にまったく共通の話題がないことに気づいた。周りのテーブルでは若い恋人から年配の夫婦まで仲睦まじく会話しているのに、七希たち二人の会話は盛り上がらない。

食事を終えてダイニングからモダンな内装の部屋に戻った時、あの寒々とした孤独感を七希は今も忘れられない。

だからといって結婚生活をあきらめるつもりはなかった。その旅行をきっかけに、七希は可能な限り、夫と向き合うために、少し無理してでも時間をつくり夫婦共通の思い出を積み上げようと旅行に出た。しかし仕事が与えてくれる充足感と称賛には到底およばない。生活に余裕ができて、欲しいものも少しずつだが手にはいるようになったが、その幸せも刹那的で心からの幸福感を得ることはできなかった。

七希は仕事に邁進《まいしん》し、忙しさは増していった。次々と新規事業を立ち上げたかと思うと軌道に乗らない部署の立て直しを図るなどして着実に経験を積んでいたが、ある時から自身の体力の衰えを感じるようになっていた。

同時に共に苦楽を乗り越えてきた同僚たちが激務に耐えかねて転職していく姿を、目の当たりにするようになった。

七希がこれまで関わった顧客やスタッフはすでに数千人を超えていた。しかし生涯、続けられる仕事ではないことも心の底でわかっていた。

自分でも体を壊さず、よくここまでこられたと満足できた時、七希は次の部署を最後に業界から引退することを決めたのだ。

だが皮肉にも最後に担当となった企業は、七希との相性が抜群の現場だった。顧客の担当者も理解があり、医療関係の委託業務を通して社会貢献の一助となっている実感が持てたからだ。これは七希にとって今までにない経験だった。退職を決めた後、期限つきで着任したプロジェクトだったが、毎日が充実していた。

任期満了が近づくにつれて顧客からも惜しむ声があがり、次の就職先を紹介してくれる担当者もいて、本当にありがたいと思った。勤務最終日は誰もが七希を労《ねぎら》ってくれた。魅力あるチームメンバーと出逢えたことで、この期に及んで、もっとここで働きたかったと後悔にも似た感情が芽生え、後ろ髪を引かれる思いの退職となった。


退職後はノルウェーとイギリスを二週間かけて旅してまわった。

帰国前日の夜、ロンドンのホテルのバスタブに浸かり、テレビを観ていた時のことだ。マイケル・ジャクソンの訃報がニュースで報じられた。ヒステリックに号泣する群衆の姿を観ながら、「彼が生存している時にはさんざん叩いていたくせに」と、人の感情の不確かさと脆《もろ》さを七希は不思議に思った。

しかし自分も同じようなものだと気づく。あれだけ辞めたくて仕方なかったのに、最後に思いがけず気持ちが変わったからだ。

翌日、帰国すると自分には行く場所がない現実に戸惑った。心が空っぽになり、そのままバスタブにどこまでも沈んでいくような錯覚を覚えた。自分はもう死んでしまったのだ。社会の輪の中にいない自分はこれからどうすればいいのだろうか。仕事も旅も世界のスーパースターの人生もすべてに終わりがあることに気づいて、七希はただ言い知れぬ虚無感に襲われた。

帰国後、七希はすべての時間を勉強にあて、一心不乱に学び直し、好きな旅行業界の国家資格と安定した金融業界の国家資格を取得した。

何度だってやり直せる。そう信じて、資格を生かした転職をする計画を立てることにした。

いずれにしてもまずは適性があるか見極めるために、手始めに期間限定で派遣社員として証券会社の営業に応募することにした。

ところが派遣登録に行き、職務経歴書を提出したところ、七希の経歴がちょうど新事業を模索していたスタッフリンク・エージェントの社長の目にとまったのだ。

当時社長だった三木勇の面接を受けて、再び業務委託の運営管理と推進を依頼された。

七希は最初、元の業界に戻ることを拒んだ。ただ三木は赤字を抱える会社経営をどうにかしたい一心で七希に手を貸してほしいと入社を懇願した。

三木には何か人の心を動かす人たらしの資質があった。お金や地位、条件ではなく七希の自尊心を刺激する言葉に長けていた。そして一緒に何かを創り上げたいと思わせる熱量を持っていた。

そこまで求めてくれるのであればと七希も新しい業界への転職を中断し、熟知している業界のノウハウを新しい会社に継承していく道を選ぶことにした。これまで培った経験をより価値あるものとして求めてくれる会社と出合ったのであれば、素直にその流れに身を任そうと入社を決意した。

「第二の人生はこの会社にあった」と言えるような貢献をしよう。自尊感情が高まった七希はいつのまにか、やる気と新たな夢でこの道が最適解だと信じることにした。

だが実際に入社すると、聞かされていなかった課題が山積みで、研修すら受けさせてもらえていないスタッフの仕事ぶりは、すべて我流だった。三木の言う通り本当にノウハウが何もないことに七希は驚愕《きょうがく》した。ある程度、社員にノウハウを教えた後は長居せず、やはり新しい業界に方向転換しようと思う気持ちが日増しに強くなっていく。

そんな折、入社して半年が経った頃、七希の父に肺がんが見つかり末期だと告知された。父親本人は薄々気づいていたようだ。病気一つしたことがない父親は、大の医者嫌いで違和感を黙認していた結果だった。両親とも年金暮らしだったので生活費などを長女の七希が少し援助しなければならないこともあり、会社を辞めづらい状況に追いこまれてしまう。

父の藤夫《ふじお》は寡黙で不器用だったが、七希のことをとても可愛がってくれた。父の夢だった孫を授けることができなかった後ろめたさもあり、七希はできる限りのことはしたかった。

とはいえ七希が直接介護することは難しかったので、経済的援助で家族を支えることにした。七希の両親は決して仲の良い夫婦ではなかったけれど、藤夫のがんが発覚すると母の和枝《かずえ》は献身的に尽くした。二人の姿を見ながら、どんな夫婦も最後は介護という闘いが待っていることを七希はそこで学ぶ。そして介護を通じて初めて両親は精神的に深く結ばれていくように感じた。

藤夫の生命力は強く、何度も重篤《じゅうとく》状態を繰り返しながらも二年、生き長らえた。

父親を失った後、しばらく七希はやりきれない喪失感の中で過ごした。

季節だけがただ過ぎていったが、亡き親の影を追う七希に、ある日、大きなミッションが与えられた。

大プロジェクトリーダー

七希が担当した小さな委託部署の人材も育ち、立て直しの兆しも見えて、業績も安定し始めた頃だった。

取引先の大手医療センターが主導となって、これまで各医療機関で行っていた医療事務やデータ入力を西日本で一括集約する委託計画が進められており、大きなプロジェクトになる兆しがでていた。そのプロジェクトリーダーに取引先は七希を指名してきたのだ。

たった六人で立ち上げた部署が軸となって、それまで分断していた各医療機関の事務処理の運用方法をシステムで統一するのが目的だった。

煩雑な医療事務や検診結果のデータ入力、医療機関と検診者からの電話対応、そして文書送付を一手に集約することで人件費の削減と業務効率を高めるプロジェクトだった。

途中から中部と九州の医療機関も委託に名乗りを上げ、西日本と一気通貫させるプロジェクトは二年をかけて段階的に委託に移管していくことに決まり、全社を挙げての大事業となった。

プロジェクトリーダーに任命された七希は多忙を極めたが、仕事をしている間は父への哀惜から逃れられ、再び得る充足感で淋しさを埋めることができた。


まずは実態と状況を調査するために七希は地方の医療現場を回り、担当者から事務処理手順や課題をヒアリングした。最初は仕事を奪われるのではないかと懐疑的だった派遣社員や長年勤務の契約社員の対応は冷たかったが、何度も対話を重ねていくうちに協力を得ることができた。


一方、新しく立ち上げる集中センターに必要な優秀な人材の採用も同時進行で采配しなければならない。綿密な採用計画を立て七希が中心となって動いた。スケジュールの遅れや、医療事務の難度分類。処理時間の分析など、大事から小事まですべてに関わった。

その重責に七希は何度も投げ出しそうになった。そんなときの心のよりどころは、生前の父を介護する母、和枝の姿である。どんな局面でも受け入れる母の責任感や生に対する真摯な姿勢を思い出すことで、七希は難局を乗り越えてこられた。

夫の貴志も協力的で七希の帰りが遅くなっても支えてくれ、また悩みも聞いてくれた。

無事、大勢の人の協力を経てプロジェクトは課題を残しながらも動きだした。

解決すべき重要な課題の一つに、取引先と集中センターの意思疎通がある。取引先のトップが決めた計画のスケジュールが、現場で働くスタッフや社員の実情に合わず、責任者である七希に不満の矛先が向くことが多々あったからだ。

人材サービス業は、一人でも多くの雇用を生み出すことが、仕事を通じた社会への貢献だと彼女は信じていた。三木も同じ考えだったが、社長から会長職の役員になっていた彼には七希を擁護する権限がなかった。

その上、途中入社で早くに成功したことによる社員のやっかみや嫉妬もあり、七希は次第に孤立していった。彼女は信念をもって耐えたが、プロジェクトメンバーとの対話も減りがちになり、心がすれ違い、離れていく者も出てきた。

実際、七希に対する周りの評価は様々だった。リーダーシップを十分発揮していたと言う者もいれば、高圧的だったと言う者もいた。公平なリーダーと言う者もいれば、好き嫌いが激しい人だと言う者もいた。

七希はこの経験を通じて「何か大きなことを成し遂げる時、好意的に受け取られることは少ないこと」、また「変化に対する人の反発は予想以上に大きい。だから強くなるためには他人軸を手放して、自分軸で進まなければならないこと」を学んだ。

それでも行きづまり、「もうリーダーを降りたい」と一度、弱音を吐いたことがあった。その時、立ち上げメンバーの一人から、

「新庄さんは皆をまとめる扇の要《かなめ》です。要が外れてしまったら僕たちは本当にバラバラになってしまう」

そう励まされ、気をとり直したが、会長の三木からは、

「あなたはそうやって途中で辞める人生を続けていくのか。人の雇用を創造する事業には、それほど多くの人が関われるものではない。チャンスと思って最後までやり遂げなさい」

そう厳しく指導された。

七希はメンバーや三木の言葉にも一理あると思い直し、踏みとどまった。

やがて迷いの嵐も去り、それぞれの役割がまわりだすころ、無から有が生まれ育ち始めた。

プロジェクトメンバーだけでなく現場の声も取り入れた結果だった。それぞれの立場や職務の中で日々様々な感情が蠢《うごめ》いている。それを毒と捉えず、熟成過程の養分と捉えると

課題の解決に向けた知恵が生まれた。その相乗効果で想像もしていなかった仕組みができあがる過程は、七希に大きな充実感をもたらした。

試用期間を経てプロジェクトが本稼働を迎え、スタッフや取引先との連携も順調になった頃だった。ある日突然、七希のプロジェクト任期満了が渡辺取締役から告げられた。プロジェクトの実績を見込んで委託推進事業の開発部を任されることになったのだ。昇格である。ただ聞こえはよかったが、相変わらず七希を煙たがっているプロジェクトの古参のメンバーと分離することも一つの目的とした人事でもあった。だが七希はそれを知る由もなかった。

「明日から新庄課長を本社勤務とする。後任管理者の山田《やまだ》さん、そして営業の立木《たちき》さんには一日も早く新庄さんのように取引先の信頼を得てほしい」

突然の渡辺取締役の言葉に、立木と山田、そして七希は言葉を失ったまま、何か落ち度があったのかと過去を何度もなぞる。

「あの、まだ二人には運営の引き継ぎも十分に行えていません。このままだと現場が混乱してしまいます。年間三億の売り上げを占める大切なプロジェクトです。顧客も急な体制変更は納得されないのではないでしょうか」

七希の訴えに、後任の二人も青ざめながら小さくうなずいた。渡辺は七希の問いには答えず、今度はさっきより強い口調で続けた。

「新庄さん、早く二人に別れの挨拶をしてください、今ここで。そしてあなたはもう現場に戻らずに明日から本社勤務できるよう準備を進めてください」

ただならぬ気配に、七希は何か大きな作為を感じながらも、二人に労いの言葉と今後の健闘を伝え、簡単な挨拶は終わった。

そして最後にセンターに戻って、関係者と取引先に社内事情による急な異動を伝えた。そして自分は本社からしばらく遠隔で後任管理者をサポートしながら引き継ぎを行うと約束し、混乱がおきないことを約束して現場を去った。

釈然としなかったが、七希は会社から授けられた新しい地位や価値観に手なずけられた形で本社勤務となった。

二大派閥に翻弄されて

新しい部署に移ると、ほどなく七希の実力を知るいくつかの取引先から新しい委託の相談を受けるようになった。会社からも多少の裁量権が与えられ、取引先との交渉も自由に進められたので、七希は新部署を新たな花を咲かせる場として、新規顧客開拓を地道に進めることに集中した。

だが七希の本社勤務は、淀んだ池にさざ波を起こす結果となった。彼女の役割を面白く思わない社員がいたからだ。小川優子と乾かおりの二人は、三木の後に社長になった岸田《きしだ》修《おさむ》に目をかけられたベテラン社員だった。

驚いたことに本社内は旧態依然のまま、社員は他力本願で少しも新規契約を取ってこようとしない。そこで会長の三木は社員のマインドを変えるため、古参のメンバーと若手社員へ業務委託の知識を学ばせようと、七希を教育係に任命した。

実際に研修を始めると、若手社員の知識の吸収は早かったが、古参のメンバーは研修日にわざと休暇を取ったり、顧客とアポを入れるなどして七希の研修への参加を拒んだ。

あらかじめ七希も想定していた行動だったので、自然体をふるまいながら、いずれは会社の成長につながると信じて社員育成に務めた。

七希自身、いったんスキルを積み上げた同じ仕事の繰り返しでは鮮度が失われてしまう。だから社員教育に情熱を注ぐことにした。

当時、会長職の三木と社長の岸田修の仲は悪かった。

修は創業者の次男である。二代目としてグループ会社の一つである派遣会社の株と代表権を与えられていた。受け継いだ会社を守るため、会社に不利益をもたらす社員や、創業者と比較して自分を見下す傾向のある三木を慕う社員を嫌った。

それゆえ仕事の成果や能力より自分を慕う取り巻き社員を、自身の権限を利用して昇格させる傾向があった。大手企業で揉《も》まれてきた三木は日頃から修のそのやり方に異議を唱えていた。企業人の三木と独占的なオーナー気質の修は長年にわたり、互いを警戒し疎んじあっている。

修は会社にほとんど出社せず、毎朝、電話で幹部会議を行った。社内に何か不正が起きていないか探ることが最大の関心事だったからだ。

七希が入社するまで赤字経営だったのも修のそれらの行動に起因していた。猜疑心が強く気の弱い男だったので、嫌われたくないがゆえに社員の福利厚生を手厚くし、海外の社員旅行を企画するなど社員への機嫌取りも周到である。社員たちも三木を尊敬する一方で、修についていると恩恵を受けるため悪く言う者はいなかった。

業績を上げることより社員が自分をどう思っているかを気にかける修は、自分に取り入ってくる社員を社内のスパイ役として使った。

結果、不平等な人事が繰り返され、一部の人間がくだす、真偽が定かでない人事考課のせいで会社が混乱に陥ることさえあった。修の経営手腕の低さに、元社長の三木は我慢できなかったが、一方で修がほとんど出勤しない事を逆手にとり、事実上は三木が裏で経営を掌握していた。

事実、三木は自分を社長から会長へ降格させた修を恨んでおり、陰口をふれ回っていた。事情を知らない社員にまで、

「岸田社長は社員を甘やかし、利益を浪費して会社を私物化している」と吹聴しては派閥を広げていた。

そして権限がないにもかかわらず、三木は自分を慕う社員に目をかけ、優遇し、結束力を高めていった。また七希の立ち上げた委託部署に、修に嫌われた社員を三木がこっそり逃すなどして恩を売っていた。七希から見れば会社を私物化している事実は三木も岸田も同じだった。

仲の悪い経営者が二人いる社内で、社員は役員の顔色をうかがうことに心を傾けるあまり、おのずと仕事への取り組みの優先順位が低くなり、全く統制がとれていなかった。仕事の手を抜く者。覇権争いに馬鹿らしくなり辞めていく者。岸田か三木のどちらかに取り入る者など様々だった。

そんな会社ごっこの社風を変えようと今更、七希一人が社員教育を行っても、その道のりははるかに遠い。

社歴二十五年の乾かおりはクセが強く、何かと人間関係の摩擦やトラブルを起こす要注意人物だ。乾の強みは、唯一岸田修と過去、家族ぐるみの付き合いをしていた時期があり、つながっていることだけだった。

乾に目をつけられ、評価が下がる根拠のない噂を修に吹き込まれるのを恐れて、社員は彼女の言動を見過ごしていた。それをいいことに乾は、自分が昇格できない妬みから、誰彼かまわず反抗しては上司にも噛みつく性格だった。

乾は最初、七希を自分に取り込もうと近づいたが、七希が社員の教育係に任命されるやいなや、手の平を返したように反抗しだした。

「アウトソーシング事業の構築って難しいんでしょう。理解度が低い私には多分、一生習得できない。私も来年は娘たちの受験が控えているから、残業してまで働くのは無理。それにしても……新庄さんも大変ね。たった一人で会社の未来を背負わされちゃって。身体を壊さないでね」

研修後に部屋で二人きりになった時、乾は、他人事のように七希にそう声をかけた。

「でもこれは全社で推進していく事業ですよ。乾さんも、もちろんそのメンバーに加わっていただきますから」

「そうね。三木会長は、売り上げを上げて派閥の影響力を強めようとしているけれど、私は新庄さんを尊敬しているからとても大事なことを教えてあげる。

この会社ですべての裁量権を持つのは、三木会長ではなくオーナーである岸田修であるということ。あなた、同族経営のオーナー会社がどんな会社か知っている？　先代が一代で築いたグループ会社は、三人の息子と娘が株を持っていてそれぞれがオーナーになっている。つまりね。たとえあなたが数億の売り上げを上げようが新規顧客を開拓しようが、あなたが部長になることも取締役になることも一生ない。利益はすべてオーナーに流れる仕組みになってるのよ」

「……」

「だからこの三木会長の企画もあなたは踊らされているだけのこと。三木会長は自分が犠牲になったことがあるから、他人にも犠牲を強いたがるのでしょう。そして新庄さんは素直だから会長の理想を信じている」

意味深にふっと笑い声をもらして乾は研修室から出て行った。七希は乾の言ったことにまったく反論できず、どこかで納得している自分がいた。一人で研修の後片付けをしながら、男たちの覇権争いに巻き込まれ、知識の継承という名目のもと、体裁だけの茶番に巻きこまれた自分を思うと可笑しくなって笑いがもれた。

そしてとめどなく涙があふれた。「何やってんだ、私……」

会社が自分に何を求めているのかわからなかった。足元から固く信じていたものが崩れていくようだった。会社と真剣に向き合うほど、自尊心が傷ついていくように感じた。乾は嫉妬からあそこまで言ったが、彼女も会社のために貢献しては裏切られ、傷ついてきたから今のあの言動があるのではないだろうか。

若手の社員たちも七希の研修中は業務委託の運営や提案の仕方を理解したそぶりをしている。だが実際に、顧客の前でそれを実践しているようには見えなかった。

「新庄課長に教えられた通りに業務委託の提案もやってるんですけどねぇ。なかなかうまくいかないんですよ」

若手社員は営業から戻ると、熱のこもらない口調でそう報告してくることがあった。

客先ですぐに提案できる営業ツールの資料も持たせている。しかし彼らのデスクを見ると営業ツールはそのまま放置され、外回りに持って出た形跡がない。

「それで、お客様には、どんなふうに説明した？　ロープレだと思ってここでちょっとやってみて」

「……」

「行動してみないと結果は出ないよ。トライ&エラーを地道に続けるしかない」

「課長、理屈はわかるのですが、業務委託は準備に時間がかかるし計画、構築、立ち上げまで大変じゃないですか。だったらすぐに売り上げに結びつく簡単な派遣営業で人材を売り込む方が早いですよ」

「確かに時間も労力もかかる。でも一度、契約して運営が動きだしたら、車輪が勝手に回るように毎月、大きな利益を委託事業は生みだしてくれる。人材の雇用安定にもつながるでしょう。目先のことも疎かにできないけれど、将来のスキルのためにもいくつか提案方法を持っておかないと」

毎日、人を替えてそんなやり取りが続き、その進捗を七希は渡辺や三木に根気強く報告していた。

三木は七希の能力を買っていた。採用から二年かかったが、約束した通り、それまで会社になかった業務委託の基盤を会社に根付かせ、赤字の売り上げを一気に黒字に押し上げた実績を認めていた。自分が紹介する取引先でも七希の評価が高いのが自慢だった。

彼女しか会社を救う者はいない。そう全幅の信頼をおきながら、三木は七希一人の力では限界があるのも理解していた。なんとか売り上げの上がらない社員にもその知識を習得させて、売り上げ基盤を盤石にしたいという強い思いがあった。

また七希もリーダー不在の歪んだ組織ではあるが、なんとか三木の期待に応えたいと苦心していた。不思議なことだが彼女に対する周りの期待が大きく、困難なほど七希はふるい立った。

七希には妹がいる。何かにつけ、長女らしく堅実な女性に育って欲しいと願う両親の愛情のもとで彼女は育った。その反面、母親は自分の夢でもあった宝塚歌劇団に娘を入団させたいという思いも捨ててはいなかった。生活費を工面して、七希にバレエやピアノを習わせ、小学校では茶道部にも入れた。しかしそのどれも彼女は熱中することができなかった。

身体が教えられた通りに動かず、上達が遅い。母を喜ばせる何かを見つけなければ、と思うプレッシャーから逃れるように、内気な七希は学校の図書館へ通った。そこであらゆる本を読んで違う世界へ心をはばたかせた。

『幸福な王子』で舞台となったドイツという異国を知り、キュリー夫人の伝記でポーランドの冬を知った。繰り返し読んだ『レ・ミゼラブル』でパリの街に住む人々を想像することは七希の逃避であり夢の一部だった。

七希は物語で語られる、見たこともない西洋の暖炉や燭台《しょくだい》、タフタドレスの衣擦れの音を、小さな挿絵で容易に想像することができた。心は様々な国や時代を旅して、登場人物と同化することが唯一の楽しみだった。

図書館で借りた本を河原の草むらで仰向けになって読んでいると、時々、開いた本の向こうの空に、銀色の飛行機が横切っていった。七希はしばしそれに見惚れる。彼女にはその飛行機が白昼に見る彗星のように見えた。あれに乗れば、どこにでも連れて行ってくれる。大人になればなんだって自分の自由にできる。その思いに胸を震わせた。

あれは高校生の時だった。エミリー・ブロンテの『嵐が丘』を読んでいる間、舞台であるイギリスのヒースの丘を吹きすさぶ風が頭から離れなかった。七希はその朝、高校の最寄り駅で降りず、終点と始発の駅を何往復もしながら物語の世界にのめりこみ、人のもつ愛憎の激しい波に感情をゆだねた。

学校をさぼったことに何の罪悪感も感じなかった。心は解き放たれ初めて自由を感じた。学校で本当に学ぶべきことなどたかが知れている。人生の全ては本が教えてくれる。七希は世紀をまたいで人の心を打つ物語が生まれた世界をその目で見てみたいと思った。太陽や空、雲、生活はどれ一つとって一瞬たりとも同じではないはずだ。彼女は生きているこの地球から旅を通して何かを学びたいといつも夢見ていた。


そして大人になってから、様々な国を旅して回った。自分が無知ゆえに困難な旅もあったが、どんな状況下でも七希は旅に落胆したことはなかったし、逆に人間としての知見や成長を深めてくれた。だがあれは、社会人になる前に卒業旅行でバルセロナに立ち寄った時のことだ。

茶色い小塔が不揃いの、未完成のサグラダ・ファミリアの塔にのぼってみた。そして建設中の塔から街を見下ろした七希は突然、言い知れぬ不安に襲われた。

　これから社会に出ていく自分の将来はどこに流されていくのかわからないという漠然とした不安が湧き上がり、冬のバルセロナの空気が気分を一層、暗くした。

　サグラダ・ファミリアそのものの完成がいつになるか誰にもわからない。未完の建造物のなかにいると、いつしか未完の自分と同化しているような気持ちになった。バランスの悪い奇怪な建物はまるで自分の内面を現しているようで心が落ちつかなかったからだ。

　それからも、機会を見つけては七希は見知らぬ国を訪れ、その経験を通してどんな道を選ぼうと、必ず最後はなんとかなるという楽観主義を育んだ。

　親に対する遠慮と、十分な期待に応えられなかった二つのジレンマは残りつづけたが、それ故、誰かから何かを任されると、自尊感情が目覚め、期待以上の結果を出したいと、粘り強いエネルギーとモチベーションを生まれるのだった。


　月日が流れ新事業の取引先も増えてきたころ、社長の修が七希に接触してきた。

　突然、七希が最初に立ち上げたプロジェクトの運用状況について調査するよう、指示が入ったのだ。

　三木と岸田の犬猿の仲を知っている七希は、その調査依頼を受けるかどうか迷って上司に相談しようとした。デリケートな話なので時間を取ってほしいと頼む七希に上司の山中《やまなか》哲也《てつや》は、後にしてほしいとなかなか打ち合わせの時間を取らなかった。その間も岸田社長から矢継ぎ早に調査依頼のメールが入る。山中や渡辺の三木派は修が出社していないので油断して高をくっていたが、修は何か嗅ぎとったのか、その時は経営者らしい判断ですぐ実行に移した。

その時の三木派と修の間には圧倒的なスピード差があった。

自分の息のかかった部下があちこちから聞き調べた委託現場の実情をまとめた上で修は七希を呼び、その運営状況が健全な状態かどうかその場で判断するように迫った。

七希は日頃から中立を維持していたし、三木に小さな猜疑心を感じながらも、共にプロジェクトを立ち上げ、教えられたことも多く、仕事で自分を高く評価してくれる三木を最初はかばうつもりだった。

ところが岸田から現場の実態を聞いた時、大きなショックを受けた。以前から三木が仕事のできない社員を委託現場へ送り込んでいるのは知っていたが、その人数が七希の想像をはるかに超えていたからだ。社員の日報の内容も虚偽を物語っていた。

もっともらしく書かれた日報には、業務を熟知している七希からみれば、明らかに一人ではこなせない業務量が日々のルーティン業務として記されていた。

それ以上に彼女を傷つけたのは七希が育てた優秀な契約社員が、終身雇用に胡坐をかく正社員の雇用を守るため、何人も契約終了となって辞めていたことだ。

そのうえ社員は年中無休の現場でも土日祝日は休み、トラブルがおきてもクレーム対応は契約社員任せのまま、定時で退社している無責任きわまりない状況だった。

プロジェクトが安定したら本社の目の届かない現場を私物化するのが当初からの三木の目的だとしたら、この実態と裏切りに怒りを覚え、七希の三木への信頼は地鳴りをたてて大きく崩れ落ちた。平等な雇用創成の夢は今では七希の理想に過ぎず、逆にそこで働く者を苦しめているのだとしたら本末転倒だった。

七希は震えるほどの憤りを感じた。自分も利用されたのだ。だからあんなに早急に引き上げさせられたのだと理解した。

実績は搾取され理想は無残に砕け散ってしまった。

そこで七希は正直な見解を岸田に報告した。業務量に対して人員配置が明らかにおかしく、健全な体制でないことを細かな点まで指摘した。

修は自分を欺いて、人事権もない三木が勝手に社員と結託していたことに激怒した。

そして修は三木に事実を認めさせようと呼び出した。三木は修の追及に答えず、渡辺がしたことと嘘をついた。昭和から根付くトカゲのしっぽ切りの着地だった。

翌日三木は、七希を応接室に呼び出して厳しく叱責した。

「なんということをしてくれたんや。君がやったことは取り返しのつかないことだよ。なぜ僕に先に報告しなかった！　上司を通り越してオーナーに報告するなんてとんでもないことや」

「そうでしょうか。私は社長に報告する前、山中さんに時間を取ってもらうよう再三お願いしましたが、その時間はいただけませんでした。それに私の報告は間違っていないと思います。何人も優秀な契約社員が辞めるような現場で、社員が一切責任を取らず与えられた仕事にも真面目に取り組んでいないのであれば、それは運営として不健全としか思えません。ひいては取引先である顧客の信頼を裏切っているのではないでしょうか。ましてやこの会社のオーナーは岸田社長です。最高責任者が運営の実情の是非を自社の社員に問うているのに、嘘はつけません。私は何も知らされていない蚊帳の外でしたので、率直に正しいと思うことをお答えさせていただきました」

「今回のことで、岸田社長は渡辺取締役に責任追及した。渡辺は明日から横浜支社への異動がさっき決定した」

三木は七希の言い分には触れず本題に入った。

「そうですか……。どなたの指示で現場があのようになったのかは存じ上げませんが、とても残念です」

「新庄さん、あれだけ毎日、業務について社内報告してくれたのに……。あんたとのこれまでの信頼関係は何やったんや」

本当に何だったのだろう。あれだけ毎日、忠誠を尽くして報告していたのに。『あなたは本当に大事なことは私に共有せず、自分の言いなりになる側近に手を回して現場を私物化していたのでしょう』七希は口にこそ出さなかったが心でそうつぶやいた。

席を立ち応接室を出ようとする七希の背中に、三木が声をかけた。

「最後にわしに何か言うことあるか？」

「特に……　何もありません」

振り返りながら三木の目を見た。立ち上がった三木の姿があんなに小さく見えたことはなかった。自分が尊敬していた三木はいつのまにかすっかり老いて、保身と権力に魅入られた人間になっていた。七希はゆっくりとドアを閉めた。

翌日、渡辺は横浜支社へ赴任。大阪に本社がある会社で、社員が五名しかいない横浜への赴任は事実上の左遷《させん》だった。岸田は渡辺が三木をかばっていることを見抜いての報復だった。

渡辺良一取締役は、まだ三十八歳の若さだった。自身には、営業も企画のスキルも特出したものは持ち合わせていないが、人の観察力と判断力に優れ、役員への入念な立ち回りで、優秀な人材を自分の周りに集めるのが得意だった。

そして競わせては勝った方の功績を自分の手柄として上司に報告して成り上がってきた。部下の目の前にニンジンをぶら下げて走らせ、成果や手柄を役員に差し出す冷酷な一面があったので、社員からは嫉妬と共に恐れられていた。

二十八歳でこの会社に転職した当時、若手の男性社員はまだ少なく、社内で営業担当から這い上がった男だった。当時社長だった三木が彼を引き上げて、課長、営業本部長とあっと言う間に出世街道に導いた。特段のスキルがないことを本人も自覚しており、渡辺は社員から決して恨まれないポジショニングを取った。表面上は誰に対しても愛想が良く、決して人前で部下を叱ることもない。

岸田修と似たところがあり、小心で、常に周りから情報収集しては、自分に反発する社員がいないか常に先回りして、部下が失敗しても自分に責任が及ばないよう留意していた。上だけを見て這い上がるあからさまな渡辺の姿に、

「若いのによくあそこまで媚《こ》びることができる」と古い社員は中傷したが、渡辺には妙に胆の据わったところがあるので、怒らせるのが怖くて、誰も本音を言う者はいなかった。

岸田修は渡辺を三木派に完全に取り込まれたくない一心で、自分を内心嫌っていることを承知で、若い方が会社の将来にとっても良いと渡辺を取締役に抜擢したが、事実上は何の権限も与えなかった。そういう意味ではお飾りの平取である。だが渡辺の夢はもっと上の社長になることだ。

渡辺も組織のいびつさや社長の機嫌一つで自分の地位が揺らぐ、何の保証もない立場に時々、苛立ちを覚えたが、修が会社に出社しないからこそ都合よく思い通りになることも多かった。何よりその年、彼は結婚して家庭を持ったばかりだった。家庭を持った途端、岸田の気まぐれな虐めにあい、彼の役員賞与はカットされ、横浜支社へ単身赴任することになってしまったのだ。

横浜行きの前日、別室に呼ばれ、急な人事を宣告されて、渡辺はいつになく青ざめた表

情で席に戻ってきた。

ちょうど七希が残業で最後まで残り、執務室には二人しかいなかった。

「取締役、今日は遅いですね」

七希は何も知らない様子で自分から声をかける。

「明日から横浜勤務だよ。単身赴任」

そう言いながら、いつものポーカーフェイスで渡辺はふっと疲れたように笑った。七希にはそれが彼の泣き顔のように見えた。

「……急ですね。任期は決まっているんですか?」

「いや、ない。いつまで横浜にいるかもわからない」

「それじゃ、大阪の営業の指揮は誰がとるのでしょうか?」

この無謀な人事の成り行きの一部に自分も加担していることに、七希は一抹の後ろめたさを感じ、後味が悪かった。

「これから先のことはわからない。じゃあ、いろいろと準備もあるので、僕は帰るね」

七希はいっそ、渡辺になじられ、三木のように感情をぶつけてくれる方がましだと思った。しかし渡辺はいつものように帰り支度をすると、うつむいて座る七希のそばに来て、肩をポンと励ますように叩いた。

「新庄さんも頑張ってくださいね。じゃあ、お疲れ様です」

どれだけ業績を上げても絶対に評価しない渡辺がいなくなり、七希にとっては望ましいはずなのに、三木には感じなかった罪悪感をなぜか渡辺には覚えた。彼の孤独の闇がわかるからだ。おそらく渡辺は最後まで岸田の追及にも屈せず、三木を守り通したのだろう。

その後、渡辺取締役が不在になると、次こそは自分がと、管理職たちが修に取り入ろうと躍起になる浅ましい職場に、七希は心底うんざりした。

三木は右腕の渡辺が転勤した後、その存在を消すかのように保身にまわり、おとなしくなった。

七希は毎日、淡々と仕事をこなす日々を送ることになった。

社内では「渡辺取締役を飛ばすほど力のある部下」と噂され、七希を恐れて社員は彼女から一線を引くようになっていた。

人材紹介事業のスタート

孤立した七希をつぶそうと、七希を嫌う役員と三木は結託して、辞めさせたい社員や取引先とトラブルを起こす問題社員を組ませて新しい事業である人材紹介事業を立ち上げた。そしてその事業グループのマネージャーに七希は任命されたが、それは彼女も初めて携わる事業だった。

人材紹介事業は、社内でも新たに取り組む事業で、ゼロからのスタートである。

人材紹介とは転職を希望する一定のスキルや経験値をもつ求職者の意向に沿って、そのスキルと意欲、また将来のポテンシャルを見極めながら、正規雇用で転職先とマッチングさせる事業だ。ある程度経験のある三十代後半以上の社員が適任の事業だった。それを二十代でまだ派遣の営業も一人前に任せられない若手社員が集められてのキックオフとなった。

「箸にも棒にもかからない彼らを教育し直し、やる気を出させて売り上げにつながったら、新庄さん、あんたノーベル賞モノや」

三木からそんな皮肉を浴びせられると、くじけそうになっていた七希の心に再び闘志がわいた。彼らの意図が、七希が音を上げ、自ら辞職させることだと予想できたからだ。できるかどうかわからないが、とにかくやってみよう。

これまでもどうにかやってきた。もしできなかったらそれからまた考えよう。いったん積み上げたスキルと同じことの繰り返しは飽きてきたところだ。ならば社員教育にもう一度情熱を燃やしてみよう。

これまで伸ばしてきた委託開発事業に新しいメンバーが加わり、新事業の立ち上げをプラスに考えることにした。

スタート時点から課題が何かすらわからない状況だったが、この機会を成長機会と捉えて、必ず結果を出すと七希は誓った。まず問題のある中途採用社員に一から入社研修を行い、ビジネスマナーや事務処理を教えた。

すると彼らの中に隠されたポテンシャルがあることに七希は気づいた。

そこでルールや規則で締めつけせず、最低限の管理のもと、彼らの思う通りにやらせてみることにした。座学だけで人を育てるのは難しい。仕事は実践のなかでしか習得できないからだ。どうやったら目の前の仕事が好きになれるか工夫するのは本人の気づきしかない。

そして規律から解放すると彼らはこれまでとは真逆の行動をとりだした。転職前にそれぞれコンプレックスを抱えてこの会社にたどりついたのだろう。認められたいという前向きな承認欲求が生まれ、自ら学び始めた。

七希は彼らと役割を分けて、それぞれの個性や長所を伸ばして自信を持たせることから始めた。そして迷ったら必ず報告・相談することを約束させて自由に行動計画を立てさせる。すると最初は疑って動かなかった若手社員たちも、自由に仕事が進められるとわかると自立心が芽生え、自主的な言動に変わった。

新事業の実績はまだまだ予算には届かなかったが、その変化は一歩一歩、数字に表れ、積み上がっていった。特に新規顧客開拓は予想以上に好調だった。

しかし三木はこの様子が気に入らなかったのか、明確な理由もなく半期の社員褒賞の対象から七希のチームを外した。

これには七希をはじめチームの社員たちも、会社に不信感を抱いた。

オーナーが気に入らない役員を虐め、役員は気に入らない管理職を虐め、管理職は気に入らない社員を排他する社風が染みついていた。

どの会社もある程度の差こそあれ、何かしら理不尽なことがあるのは理解できるが、どこまで我慢すれば報われるのか、払いのけても足元からたちこめる黒い霧のような圧力が何なのか、七希にもわからなかった。労働組合をもたない会社の負の遺産が確かに存在していた。

どこの会社に行っても同じだろうか。仕事の成果を評価されるよりも、自分が安全でいられる職場を見つける方が、会社員として賢明な選択なのだろうか。

この時、七希は五十四歳になっていた。転職できるかどうかわからないが、今なら間に合うかもしれない。そう頭をよぎったが、ここまで会社に貢献してきて、ここで音を上げる未練の方がまだ先に立った。

ただ会社の養分として吸い取られ、実も結ばずに朽ちていくのは嫌だった。

部下の前では次のチャンスがあるからと励ましながら、最初から褒賞の選考や評価から外されている事実など、頑張っている社員にとても言えなかった。

そしてその年の終わりの忘年会で七希は一人、再び岸田修に呼ばれた。

一連の様子や、七希のチームが社内で排他されていることを修は知っていた。おそらく、一部の若手社員か取り巻きが不満を修に報告したのだろう。

彼は年度末までに、三木のこれまでの不正を暴いて一気に追い込み、辞職させたがっていた。

最初、岸田は七希に三木をパワハラで訴えてほしいと働きかけた。今や会社で孤立してどん底に落ちている七希に失うものなどない。オーナーの岸田を敵に回せば本当に孤立してしまう。

このタイミングで声をかけてくるのは、七希の現状を見かねたこともあってのことだろう。七希にはもう誰が敵か味方かわからなくなっていた。元気な部下がいるから会社に毎日出勤しているが、本当は毎朝、執務室のドアを開けるのさえ辛くなっていた。実力や成果主義の正論で闘うほど、彼女の立場は追い込まれ、事態は悪化する現状に七希はいつしか思考することをやめた。


「そんな目にあって悔しくないの、新庄さん？　三木会長を渡辺と同じようにかばってるのでしょう。実は新庄さんだけではなく、他の社員も三木会長にパワハラされたと言う声が上がっているんだよ。彼はいつまでも会社に残って本部長気取り。まったく老害だよ」

「他の社員からも報告があがっているのであれば、なぜ私がパワハラで訴えなければならないのでしょうか。もし私が先陣をきって声を上げたら、どんな目にあわされるかわかりません。私は孤立しているんです。きっと役員同士でかばい合って、いくらでも事実を歪曲してしまうでしょう。正直、怖くてそんなことはできません」

事実、七希は三木の報復が怖かった。

「だからこそ信頼と実績があり、評価の高いあなたに声を上げて欲しいんだよ。絶対、皆、信用するから」

頑なに断る七希に、修は珍しくいったんその日は折れて帰った。

しかし一週間もたたないうちに、七希に突然の人事が下される。社長室に呼ばれ、その日から彼女は社長代理特命社員として任務に就くことになった。業務内容は、委託現場に入りこみ、契約社員から聞き取り調査を行うこと。そして管理者である社員が不健全な運営をしていたり、一部の契約社員が優遇されていないか徹底的に調査し、岸田に報告する偵察の役割だった。

初めて築き上げた委託プロジェクトだけが三木自身が指揮できる場所であり、会長職に甘んじても出勤する心のよりどころだった。そこをテコ入れすると必ず何かが出てくる。それをもって修は三木を辞職に追い込みたがっていた。

岸田はプロジェクトが生み出す売り上げ利益よりも、隠蔽《いんぺい》された不正を暴きたがっていた。これは経営者としては正しい行為に見えたが、周囲からはただの覇権《はけん》争いにしか見えなくもなかった。

誰もがこの経営者の間に立つことを嫌がり、静観しているのに、また自分が引っ張り出されようとしている。

「なぜ私なんですか。人事に口出しするつもりはありませんが、ほかにも小川部長など社歴も長く、社長のご意向を熟知している方が適任だと思われます」

七希はこの任命を拒否することはできなかったが、最後に岸田に抵抗した。

「小川君も宮園君も長く働いて会社に貢献してくれているのはよく知っている。でも業務委託の運用、運営の知識に関しては君以上に熟知している社員はほかにいない。また新庄君には二人にはないバイタリティと意志の強さがある。所詮、戦略だ、企画だといっても最後は強い意志がないとこんな重大なミッションは完遂できないからね。

それと一人で心細いのであれば、小川君を君の水先案内人としてつけるよ。彼女は立ち回りが上手い。好きに使ってもいい。では新庄課長、明日付で部長補佐へと昇格する」

早速、岸田は七希をつれて各部署を周り、七希が社長代理特命社員に任命したことを告げて回った。特に業務委託現場を統括するアウトソーシング事業部に出向いた時は大騒ぎになった。七希はある意味、どのような状況でも業務に対しては公平で嘘をつかないからだ。それは彼女の長所でもあったが、一部の隠し事の多い社員にとっては、融通が利かない邪魔な存在でもあった。その七希が社長代理となって現場に偵察に入るとなると、岸田社長に何をどのように報告されるか予測できない。それが皆の恐怖だった。報告内容が彼女の胸三寸で決まってしまう。これまで隠していた埃が叩かれ、岸田を激怒させてしまうとアウトソーシング事業部は終わってしまう。

影の経営責任者でもある三木は翌日、七希を会議室に呼んだ。

「特命の件やけどな。決まったことは仕方がない。ただこれから新庄君が調べて見聞きすることは、岸田社長には黙っといてもらえへんか」

「どう言うことでしょうか？」

「知っての通り、岸田社長は真面目で正義感だけは強い。いろんな状況がバレたら社員も契約社員も困ることになる。そうなると責任を取って何人かの社員が降格されたり辞める者もでてくるやろう。彼らを守るためになんとか黙っといてもらえないか」

まるで子供をなだめるように三木は七希を諭《さと》した。そして岸田を恐れて退職を迷う何人かの社員の名前を口にした。そこに渡辺取締役の名前もあった。それを聞きながら、三木の守りたい社員の中に自分の名前がなかったことに七希は傷ついた。自分の立場は三木の頭の中にはない。そう七希は受けとめたのだ。

「それは不正があっても見なかったと忖度《そんたく》することでしょうか。今の体制や一部の社員を守るために、私には何を足して何を引いたら良いか判断がつきません。またこの会社はオーナー会社で、岸田社長は最高責任者です。会社を私物化していることがバレたらとんでもないことになります。私も苦しいんです。本当はこんなことしたくない。でも岸田社長を軽んじてこんな状況になるまで、なぜ放っておかれたのですか。私は与えられた職務を会社員として遂行するだけです。どんな結果になっても、私も最終的には辞職の覚悟ができています」

社長交代劇

それから一カ月、七希は六十名近い現場の契約社員から、運用状況についてヒアリングを行い、レポートにまとめ報告を上げた。想定通り、無茶な過重労働を強いられている現場もあったが、それよりもある報告に修は激怒した。

通常、コールセンターにはスーパーバイザーと呼ばれるオペレーション管理者がつく。平均では六名から十名のオペレーターに対して一名のスーパーバイザーが配置されるが、ある部署で、二十名のオペレーターに対して、十名のスーパーバイザーが配置されていることが発覚したのだ。

しかも一部のスーパーバイザーは夜勤など時間外労働も法定外の勤務になっている一方で、一部の社員は週二日しか出勤しないスーパーバイザーもいる不平等が判明していた。

これはアウトソーシング事業部を束ねる課長山下慎吾《やましたしんご》が長年のスタッフを会社に残すための便宜だった。山下は三木を妄信していた。そして三木の指示に従い、取引先に管理職費用として長年、本来、不要な費用を請求していたのだから、調査が入れば大事にいたる不正内容だった。

事が大きかったので岸田は七希の報告だけに頼らず、自分の知る経営者にも問い合わせてスーパーバイザーの適正人数を聞きだし、自社の体制が不健全であることの裏を取った。

岸田は、関係社員を集めて緊急会議を開く旨のメールをCCに三木も入れて一斉配信した。その内容を見た三木が先に噛みついた。

「経営者にもかかわらず、出社もせずに一部の社員の言うことを鵜呑みにしないでいただきたい。貴方は社員からも信頼されていない」

「三木会長、もう会社のことには口出ししないでほしい。会長には何の権限もないのですから……」

メールで岸田も反論した。全返信で両者が応酬するので、関係者は一連の流れを知ることとなった。なんて醜い争いなんだろう。大人気のないトップの態度に、七希はどんどん気持ちが冷めて離れていく。

「ここまで会社を大きくしたのは誰のおかげですか。身を粉にして働く社員全員のおかげではないのですか。岸田社長、あなたは出社もせず会社の利益を湯水のように使って会社をダメにしている。そんな貴方に現場のテコ入れをされたくない。貴方は経営者失格だ！

私は自分の辞職をもって、社長、貴方にも退任を求める！」

この最後の刺し違いとも思える三木会長のメールの一撃に関係者は皆、固唾を呑んだ。

するとその五分後、携帯が震え岸田から短い返信が入った。

「三木会長、わかりました。私が辞任しましょう」

オーナーの辞任。短い一文だった。

まるでつきあいの浅い恋人同士が別れるような軽いものだった。そんな結末があるのだろうか。なぜこんなことになったのだろう？　三木と岸田の確執は七希が入社する前からのことだった。小さな会社のトップ同士のいがみ合い。

最後のメールを確認すると、七希はふらふらと会社を出た。頭のなかが混乱して整理がつかなかったからだ。

いつもの帰り道がふわふわと浮いているような感覚で、周りの景色も少しも目に入らなかった。これから、いや明日から会社はどうなるのだろう。これ以上、醜悪な事態に巻き込まれたくない。

七希は地下鉄に乗る前に会社の携帯電話を切った。

結局、二日後、岸田修は社長を退任し、その腹いせとして会社に二億の退職金を要求した。刺し違えて退職するはずの三木は、半ば役員たちの英雄と化し、会社に残ることになった。トップの二人を失ってしまうと、残された役員では何もできなかったからだ。

そして三木の指示で先回りして、渡辺がグループ会社の経営トップである岸田一族の長兄、岸田剛《きしだつよし》のもとに赴き、弟の修が会社にほとんど出社していなかったこと、根拠のない勝手な人事で会社を混乱させたこと、一部の気に入った社員に能力以上の職位と給与を与えていたことを報告した。

この内容を長兄は黙って聞き、先代の会長にも報告したため、修の退任は正当な処分となった。

そして次期社長は渡辺ではなく、社歴の一番長い会計部長兼副社長の田村智子《たむらともこ》が就任することになった。岸田一族は、三木を警戒していたからだ。

「これから良い会社を皆さんと創っていきましょう」

田村は社長就任挨拶で、そう語ったが、会社の改革に積極的だったのは最初だけで、結局、彼女は何も実行しなかった。

長い間、ずっと修の下でトラブルの火消し役や秘密の経理処理しか担当してこなかった田村とつながる営業取引先などなく、社外での彼女の認知は低かった。

勢いがよかった最初の数カ月が過ぎると、三木が裏で実権を持つようになった。

三木は期末で退職すると明言していたが一向に辞める気配はなかった。そして横浜に転勤させていた渡辺良一を早々に呼び戻した。またこれまでの自分の取り巻きを昇格させ、気に入らない社員は営業職に回すなどした。

ただ意外にも七希の人材紹介のグループだけは利益をあげ始めていたので、静観されることになる。

結局やっていることは前の岸田修と何ら変わらない。それが概ね社員の実感だった。修なき後、リーダー不在のまま、何の営業実績も残していない副社長がそのまま社長に引き上げられた結果に、「瓢箪から駒」「棚ぼた」と揶揄《やゆ》する社員もいた。

結局火中に入らず対岸から静観していた田村が一番、得をする結果に周りは納得していなかったからだ。

社長就任当初、田村は七希にも、「社員のモチベーションを上げる企画を何か提案してほしい」と依頼してきたので、社員報奨制度を公平性がある評価に刷新した。

だが田村はしばらくたつと自分の地位と権限に酔い、社員の声より、保身のため次第に特定の役員の言うことしか聞かなくなった。そんな田村を七希は哀れに思った。

数年前の忘年会で田村はこんなことを言っていた。ちょうど世界を旅していた時、彼女は旅先で阪神淡路大震災のニュースを知ることになる。そして自分も何か社会貢献したいと思い早々に帰国し、人材サービス業を選び、この会社に志をもって入社したのだと。

けれど今、理由はともあれ、せっかく社長という最高の権限を持つ立場に就いたにもかかわらず、もっと自由に自分の理想とする会社をつくろうとしない彼女に、七希も社員も歯がゆさを感じるばかりだった。

しかし一方では、グループ会社の社長になるということは、修と違って経営にドラスティックな長兄の岸田剛の顔色を常にうかがうことであり、田村にとってはトラブルなく現状維持が最大の任務と考えたのだろう。

また修からこれまで多くの恩恵を受けていた小川優子、宮園麻衣、乾かおりは修の退任に伴い、自らも辞職すると誰もが考えていたが、彼女たちは生活のため、会社に残る決断をした。

そしてまるで何事もなかったように修の名前を一斉、口にしなくなった。会社はスキルのない彼女たちを守るため、コンプライアンス部という関接業務の部署をお膳立てした。彼女たちは修を通じてあまりに多くのことを知っていたため、乱暴な人事をとることで再び、岸田修と繋がるのを三木と田村は避けたいようだった。

しかしこれには若手社員から、何も変わらないではないかと流石に不満の声がもれた。三木は会社を救ったと自分では思い込んでいるが、裏で根回ししながら実権を握り、増長している姿はもはや見苦しささえあった。

会社に幻滅して辞める者もでていた。人材会社なので社員採用には困らなかったが、新しい社員を採用しても、何か違和感を覚え去っていく者も後を絶たなかった。

七希自身は割り切って、何も求めなかった。

目指すところは会社をよくしようと互いの目標は同じだが、考えや、やり方が互いに相容れないので、自分の思いを手放して生きていくことに決めたのだ。

もう理想や夢も持たないことにした。どこも、こんなものかもしれないとさえ思った。

自分の年齢を考えると退職する主だった理由もない。修の退任劇で自分の立ち位置に戸惑ったが、かたやここまできて辞める理由も見つからないのだ。

四十代では許せなかったり彼女を傷つけた組織構造や不平等も、五十を過ぎるとどこかその痛みに慣れるようになっていた。それはあきらめる気持ちともどこか違う。

傷ついた心の自分なりの癒し方を身につけたといってもよい。癒しを家族や子供の成長に求める者もいたし、趣味を充実させたり、旅や新しい何かと出逢うことで癒すなど、その方法は人さまざまだった。

もう立ち直れないと思うほど胸を貫く怒りや痛みでさえも、一晩経てば血は止まり、かさぶたができることを知っていた。また周りに流されない独自の考え方や幸せの見つけ方ができるようになったのは五十代に突入してからだった。そういう意味では七希も人生の充足期に入ったといえるだろう。

辛いと思うことを少しでも寛容に受け止める術を知り、心の傷や痛みを補う精神力を白血球のように作用させることができるのだ。そのもっとも簡単な方法は、何も望まなくていいと、言いきかせるだけだ。

コロナ禍での横浜支社サポート

九月の半ば、下期に入る直前に七希は渡辺に呼ばれた。

彼女のポジションと役割についての話である。人材紹介チームは安定の兆しが見えてきたので、今度は管理職のいない横浜支社の支社長サポートにまわってほしいと、定期的な横浜出張を命じられた。

いつものように何かの作用が働いていると直感した。横浜には入社二年に満たない経験の浅い社員が多く、七希の体制立て直しの力を強く望む声が上がっていることは知っていた。横浜は案件も多く依頼は引きも切らないが、まだ実績に結びつけることができず赤字経営である。

七希はこれが一つの突破口になるかもしれないと明るく考えた。実際、横浜と大阪は会社の交流も浅い。悪意ある噂も流れていないだろう。心機一転できるかもしれない。それを新しいチャンスと捉えた。

けれど手放しで喜べない状況でもあった。横浜も大阪も新型コロナが急速に蔓延しており、その抗体となるワクチンはまだ開発されていなかったからだ。強烈な感染力を伴い死に至るウイルスに世界中が怯えていた。横浜も大阪も二度目の緊急事態宣言がいつ発令されるかわからない。会社も順次、リモートワークに切り替えていた。こんな危機的な状況下で、仕事とはいえ横浜と行き来するのは不安だった。

しかし問題は火急だという。横浜で立ち上げた業務委託の運用に失敗してスタッフが炎上し、窮地に陥っていると山中から報告を受けた。

山中とは何度か仕事を組んだことがあり、今回は立て直し経験のある七希に白羽の矢が立ったのだ。七希の経験が生かされる分野だったので、横浜に定期的に出向いて体制を立て直すことになった。

その話を七希が夫に打ち明けた時、珍しく夫の貴志が出張に難色を示した。

「こんな非常事態の時に、なんで君だけが横浜へ行くことになるんだ。おかしいよ。普通の会社なら出張を自粛している時期だろ。それに逆行する危険な行為だよ。横浜だっていつロックダウンするかわからない。会社は社員を守る気があるの？」

確かに同じ違和感を七希も覚えていた。現場が崩壊寸前だから助けてくれと会社は言うが、新型コロナが猛威を振るう横浜へ、今のタイミングで出張を命じることに誰も疑問を感じないのだろうか。概ね、三木会長の差し金で、渡辺が深く考えずに指示を下したのだろう。しかし最初から行けないとつっぱねるより、今回は指示に従った方が後々、貸しを作ることになると考え、七希は夫を説得した。

翌日、横浜へ向かう新幹線には七希のほか一車両に三人の乗客しかいなかった。事態が刻々と深刻になっているのがその様子でわかる。現場へは直行せず、まずは横浜支社に向かった。まだリモートのインフラが整わない支社に社員は全員出勤しており、七希の姿を見ると皆、笑顔で駆け寄ってくる。

「新庄部長補佐！　首を長くして、お待ちしておりました！」

頼りきった様子で素直に喜んでくれる姿を見ると、七希も純粋に嬉しく思い、危険をおしても来た甲斐があったと報われる。

こぢんまりとした事務所内には、少しも不穏な空気がなく、皆、明るく健全な雰囲気だった。

渡辺の後を継いで支社長となった山中哲也が、「これで大丈夫。新庄さんがやっと来てくれた」と七希を温かく迎える。

山中は人の面倒見が良く、人懐こいのが長所だった。ただ何か決定するとき感情と感覚で指示をくだす傾向があるので、それが原因でトラブルとなり、その対処が場当たり的だったので、問題が余計、大きくこじれることがこれまで幾度となくあった。

山中は二十代半ばに小川優子の紹介で業界未経験者としてこの会社に入社してきた。男性の少ない社内で当時マネージャーになったばかりの渡辺の下で、渡辺の苦手なクレームの後処理に奔走していた。渡辺を立てることで自分も引き上げられることを第一義とする組織優先の山中は、表面上の人間味あふれる様子からはうかがい知れないほど、誰よりも出世欲が強い。

七希は最初に山中に出逢った時のことをよく覚えている。それは七希が最初のプロジェクトの構築に多忙を極めていた時だった。

大きなルーズリーフ手帳と電卓を抱え、やぼったい感じで、山中は恐る恐る七希に近づいてきて隣に座った。

「すごい売り上げですね。三億なんて尊敬しますよ。僕には委託の知識がないので、いつか新庄さんの下で教えてもらいたいな」

なぜか七希はとっさにこの男の褒め言葉に警戒心が働いた。それが緊張感となって伝わったのか山中はデスクの横にあったゴミ箱を蹴飛ばしてしまい、お邪魔してすみませんと何度も謝りながら去っていった。

その後も遠巻きに山中はずっと七希の行動を観察していた。一年が過ぎた頃、三木会長の指示で、山中も委託運営の構築について学ぶよう、二人は組むことになった。

もともとリスクヘッジが苦手な山中と組むと、最後に決まってトラブルのしわ寄せが七希に回ってきた。そのせいで問題の回収に時間がかかることもあったが、山中は情報収集力に長けているので、上手に周囲を巻き込みながらチームワークで実績を上げることができたため、互いに不足するスキルを補完し合うことができた。

彼もまた渡辺の力で部長補佐まで出世した一人だった。人の取りまとめはうまいが嫉妬心も強く、部下を引き上げるよりは、成功した部下の足をすくうような風評を流すなど、山中の昇進に利用された社員は少なからずいて敵も多かった。

そんな周りの評価も作用し、渡辺のかわりに山中が横浜転勤となった。渡辺と三木から、横浜から戻れば営業本部長に昇格すると言われた約束を信じて彼は単身、横浜に転勤し三年が経とうとしていた。

そんな経緯から、七希も山中には何度か煮え湯を飲まされた経験があり、彼女は今回も、最大級の警報アラートを感じとっていた。

「新庄部長補佐、気をつけてくださいね。立ち上げ現場、相当ひどいようですよ。支社長が採用した現場の管理者は、ベテランのスタッフから相当、嫌われているようです。それを訴えても聞き流すばかりで、支社長は何もしないと怒っています。新庄部長補佐に丸投げするかもしれません。どうか気をつけてくださいね」

その日の午後、早速、業務委託先の通販の出荷センターに向かうと、現場は大荒れに荒れていた。一年前に立ち上げた時に彼女も構築のサポートに入った部署だった。

長年、派遣社員として働いていたスタッフは、取引先の部署統合に伴い、委託に切り替えられた。その時、スタッフに委託の運用ルールやビジネスマナーの研修を担当したのが七希だった。

委託より派遣社員の方が責任もなくて良かったと、会社に不満や不安を訴えるスタッフに、七希と山中はできるだけのサポートをすると説得して回った。

この案件は渡辺が立ち上げに関わり、途中で山中に引き継いだ。しかし委託運営に慣れない山中は、一番時間のかかるスタッフ対応を七希に任せ、自分は顧客のキーマンの対応と交渉の場にだけ現れた。

渡辺の異動をきっかけに山中が支社長を引き継いだものの、おそらくその後、現場は放置状態だったのだろう。駅からバスで二十分という立地の悪さもあり、管理者採用がなかなか決まらなかったのもスタッフの不満を煽《あお》った。

焦った山中は最終的に二十代の男性を採用して現場に管理者として送り込んだ。

彼は元中古車センターのエリアマネージャー経験者で、パワハラ傾向の強い会社に勤めていた。事務処理の経験がないのが大きなネックだった。

管理者としての適性テストも受けさせず、山中のいつもの感覚的な人選が招いた失敗だった。

平均年齢、四十代後半の熟練した女性スタッフの中に、事務未経験の元気だけが取り柄の年下の社員が責任者として着任したのだ。

管理者になるために最初は現場の仕事を覚えるのが通例だが、この浜田祐介《はまだゆうすけ》は覚える気が最初からないのか、ミスも多かった。それを腹にすえかねて、自分たちの仕事を軽視していると彼女たちは不満を募らせた。

今回、七希が現場に入って状況を確認すると確かにミスが多いことがわかった。浜田に悪気はないが、致命的なのはやはり事務処理がほとんどできない点である。

それを裏付けるように五名の契約社員との個別の面談で、全員、浜田が管理者として適任でないことを七希に訴えてきた。その内容を取りまとめて、山中に報告すると、管理者である浜田から聞く報告とはまったく違うというのだから手に負えない。

浜田の主張はスタッフが仕事のやり方を全然教えてくれないというもので、両者の言い分が違うのは、人間関係が上手くいっていない現場ではよくあることだった。浜田をかばいスタッフの言い分に耳を貸そうとしない山中に、七希は釘をさした。

「彼女たちの言い分の方がより具体的で信憑性《しんぴょうせい》が高かったです。もし、万が一、彼女たちの言い分が正しければ、このまま浜田さんに任せておくととんでもないことになりますよ」

山中は一瞬、熟練スタッフが全員辞めてしまう最悪な事態を想像したのか黙り込んだ。

「そうだね。本当だったらとんでもないことになるよね。新庄部長補佐、明日は現場に行って浜田が一日、何をしているか仕事のルーティンを見てきてくれませんか」

翌日、七希が現場で目にした浜田の仕事は惨憺《さんたん》たるものだった。依頼を受けた商品の受注個数の入力間違いから始まり、電話応対では言葉づかいでクレームがつき、エクセルやワードが使えないので受発注のデータ管理や在庫管理の集計ができなかった。

そのうえスタッフとの関係性は完全に分断しており、互いに声をかけることもない。七希の前では取りつくろう浜田をどう贔屓目《ひいきめ》に見ても、職種の適性がないことが半日で判断できた。

熟練した女性の多い職場で、彼女たちの意見を尊重せず、真摯な取り組みなくしての運営は絶対に安定しない。

「あんな何の経験もない管理者を入れられて、私たちの仕事も随分、見くびられたものですね」

その言葉は浜田本人の能力よりも人選ミスをした会社に向けられているのがよくわかる。七希は客観的に見てきたすべてを山中に伝えた。

頭を抱えながら山中はなんとか現場を収めてほしいと七希に懇願した。七希も流石に山中に同情し、また年明けに来ることを約束して帰阪した。


年末から年始にかけて新型コロナ感染者の数は一気に倍増し、横浜も大阪も受け入れ病床が不足するなど、危機的な状況に陥った。

年明け、出張の準備をしていると夫の貴志が七希に訴えた。

「じゃあ、彼らはもし君が自分の大事な家族だったら、本当に行かせるかな?」

確かにそうだと思い七希は何も言い返せなかった。

七希が一人で南米旅行をすると言った時も反対しなかった夫が、初めて毅然《きぜん》と今回の出張に反対したのだ。彼の言うことが正しい。目が覚めた思いだった。今なら出張の取りやめにまだ間に合う。

「わかった。今から本部長に連絡する」

時計を見ると夜の九時を過ぎていたが、早い方がいい。七希は直属の上司の澤井直樹《さわいなおき》に連絡を取った。すぐに澤井が携帯に出た。少し眠そうな声だ。

「新庄さん？　どうした。何かあった？」

「本部長、夜分にすみません。明日からの横浜行きの出張の件ですが、家族の理解が得られませんでした。火急ではないのでいったん、取りやめにして時期をずらしていただきたいのですが。本当にすみません……」

「横浜行きは渡辺取締役の直接の指示だから僕も詳細がよくわからないけど、ご家族の気持ちは理解できる。今行くのは危険だし、場合によっては帰ってこれなくなるかもしれないしね。うちの会社、世間とズレているところがあるからなぁ」

「やはり私から渡辺取締役に連絡しましょうか。直属の上司の本部長にまず相談してからと考え、連絡した次第です」

「いや僕が今から関係者に伝えるよ。だからご家族に安心するようにお伝えして。そして明日は普段通りに本社に出勤してください」

七希は礼を言ってホッと胸をなでおろした。理解者がいてくれたことが心強かった。

澤井は抜け目がなく、調子の良い上司だったが、こういう時は一般通念が通じて頼りになる男だった。

澤井は岸田修が横浜で採用した人材で、その経緯から修と公私にわたり仲が良かった。

だから修を退職に追いやった三木を信じていなかったし、修の復帰を望んでいる社員の一人でもあった。

管理職合同研修

翌日、七希が出勤すると、いつもと違う緊張感が社内に流れていた。すでに関係者全員が七希の出張の取りやめを知っていた。

三木に挨拶すると無視された。自分の言いなりにならない者、指示に従わない者に対して三木はいつもそういう態度をとった。七希が居心地の悪い疎外感を感じていると、それを察した渡辺が、皆の前で七希に丁寧に謝った。

「新庄さん、本当に無理をさせて申し訳なかったね。ここは横浜に任せて、落ち着くまで次の機を待ちましょう」

何か芝居めいた違和感を感じて、なぜか七希は素直に喜べなかった。

取締役の気の使いようと、命令に背いたことにあからさまに不機嫌さをあらわす三木の態度。

その不自然さを見過ごして、七希はあえて平然を装うことでやり過ごした。

この得体の知れない敵意さえ感じる空気のなかにいるより、本当は横浜の委託現場で、集中して体制の立て直しを図りたかった。

どん底に近い状況だったが、その方がよほど精神的に健全だ。七希はとにかく機を待つことにした。

そして数日経った頃、七希の状況を一気に好転させる出来事が起こった。

管理職のスキルアップを目的とした月に一度の終日研修が、半年にわたり管理職全員を対象としてスタートすることになったのだ。

三木の号令のもとで、信頼できる外部講師を呼んで研修は開始されることになった。

研修前のリーダー資質の顕在能力テストで、七希の成績は澤井部長を上回り、七希を含め役員は驚いた。

いくつかのグループに分けられ、七希は小川と澤井の部長クラスのグループに入って研修を受けることになる。

大手企業の管理職研修を得意とした名の知れたコンサルタントが、部下育成に向けたコミュニケーション能力、人材管理能力、人事考課基準の策定、目標達成行動、経営者マインドの育成、組織の行動理論の改革。また課題解決やリスク管理など多岐にわたり、半年かけて習得する研修が開始された。

研修受講後はロープレを交えた実践型テストが行われ、七希だけが全国の能力平均を少し上回る結果にいたった。その他の管理職は部長を含め、平均を下回る結果になり、三木でさえ能力開発の統計的事実を認めざるをえない結果になった。

講師陣も七希の積極的な研修への取り組み姿勢や提案力。そしてグループを率いていく統率力を評価し、他の管理職に模範とするよう促した。この流れは七希の自己肯定感を高めてくれ、新しいマネージメント理論も学べることもあり、七希は研修を心待ちにするようになった。

講師から注目される優越感より、七希に揺るがぬ自信を与えたのは、入社して八年を経て、ようやくこれまでの自分の判断や行動が決して間違えではなかったことがわかったからだ。

研修が進むにつれて、周りの七希への評価もだんだんと変わっていくのがわかった。

どんな状況下でも途中であきらめず、ここまで信じてきたことで、歪んだ評価が覆り、報われる日がやっときたのだ。

三木会長の目論見《もくろみ》は、単純に前の社長が気まぐれに昇格させた、実績もスキルも乏しい管理職たちに専門の知識を授けることで、彼らを覚醒させることだった。また管理職だけでなく若くして取締役になった渡辺や、社長に就任した田村に対しても、共に会社を成長させる共創の姿勢を学ばせたかった。

三木は前職の大手電機メーカーの企画販売部で高卒にもかかわらず営業本部長まで上りつめた経営手腕に優れた人物だった。部下からの人望も厚かったと聞く。しかし前職を辞めた理由を正しく知る人間は誰もいない。前職の部下といまだにつながりを持ち、案件を取ってくる三木はやはり会社にとってなくてはならない必要な人物だった。

状況から察して前職で大きなリコール事件があり、当時、本部長だった三木が責任を一身に負うことになり自ら辞職したと周囲は推測していた。

その経緯の影響からか、三木の組織の作り方や人の動かし方には昭和の強引さが色濃く残っていた。そして無念を晴らすがごとく、会社の業績をあげ、社内に自分の影響力をことごとく浸透させたがっていた。

様々な戦略人事を骨の髄まで熟知しており、それを水面下で思うように活用できる能力は三木に敵《かな》う者はいない。

彼の心の中には今もなお、第一線を不本意に退いた、すさまじい執念が宿っていた。

せっかく社長の交代で会社が一新したにもかかわらず、保身に回る田村社長に歯がゆさを感じ、最終手段として、多額の費用を投じ、組織をあるべき姿に変えるため外部研修を実施したのだ。

だが研修が進むにつれ三木の意に反して七希の評価は高くなり、それが追い風となって、彼女の言うことに周りは耳を傾けるようになる。加えて知識を深めた管理職たちが一つの大きな疑問を持ち始めたのは、三木にとっての大きな誤算だった。


今の組織はコンプライアンスが重視され、様々なハラスメントは排除される環境にある。評価も公平性や客観性を重要視する内容に変わり、三木が生き抜いてきた会社生活とはまったく違う時流になっていた。

研修のカリキュラムが進むにつれ、管理職たちから疑問の声が上がり始めた。自分たちが受けている研修が正しいのであれば、今までの組織の在り方は、一部の者だけが利益を享受する、まったく独断的で不平等なものだったと役員たちを疑い始めたのだ。

学ぶ意欲が強くなるほど研修内容と実態がズレていることを認識することになった。

風通しのよい組織が会社を成長に導くという教えとは真逆の隠蔽《いんぺい》体質の役員たちが、すべての実権を握っているのであれば、この会社は自分たちの成長を阻んでいるのではないか？

研修の成果は、かえって会社組織のほころびを無残にも表す結果となった。

今そこにいる役員たちこそが、この研修内容を自分事と捉えて会社を立て直さねばならないのではないか。それが研修を受けた全員の心の声だった。

一度生まれた違和感は研修が進むにつれて、逆に管理職たちの士気を下げることになった。

半年かけた研修が終わる頃、その違和感を役員の前で勇気をもって訴えた社員は結局、自ら見切りをつけて退職した。

またしても大きく揺れ動く社内は期末を迎え、新しい人事が発表された。七希は取締役付の事業戦略室の室長に昇格されていた。

残された者たちと生き抜いていかなければならない苦境ではあったが、一方で、やっと七希の前に一筋の光がさしたように思えた。彼女の得意分野である新しいアイデアと市場リサーチで新事業を積極的に打ち立てていく権限が与えられたからだ。忍耐が勝ったのだ。

しかし目の前に立ちはだかる理想と実態の差をどう埋めていけばいいのかと悩む。

残ることを決めた管理職たちは、それぞれに悩みながらも会社に対して異議を唱えることはなくなった。

早速、新事業に向けて渡辺取締役と澤井本部長、そして七希の三人で市場リサーチにのりだした。会議も定期的に開き、集めた情報を持ち寄って新しい売り上げ構造が作れるマーケットを絞り込んでいった。すぐに結果や利益が出せる事業ではなかったが、新事業の開発は七希にとって意味のある充実した仕事に変わった。

着手することは多く、一日は瞬く間に過ぎていく。同業他社のリサーチや異業種との意見交換。商工会議所を通じて教育業界も紹介してもらい、人材の新たな確保を探るなど、手探りながら協創プロジェクトが動きだそうとしていた。

三人共、まだ形にはならないが主体的に動くことで、何かこれまでと違う手ごたえを感じ始めていた。

初めて守られて

「お疲れ様です！」

七希が挨拶しながら横浜の委託現場の事務所に入ると、いつもは明るく駆け寄ってくるスタッフの崎山明美《さきやまあけみ》が、暗い顔でうつむいたまま、小さくお疲れ様ですとつぶやいた。

「お疲れ様です！　このたびは、こんな状況の中、わざわざ大阪から来ていただいて本当にありがとうございます」

七希が一番信頼をおく井坂《いさか》ゆいが、席から立ち上がって崎山の後に続いて応えた。

「あれ、浜田さんは？」

「さぁ、また業務報告の電話か、喫煙所に行ったんじゃないですかね」

一番年長者で浜田とそりが合わない永田久美《ながたくみ》が、パソコンの画面を見つめたまま答えると、周囲から忍び笑いがもれた。

見たところ想像以上に現場は疲弊しきっている。スタッフ全員の顔色が悪い。

七希が前回、様子を見に来てから八カ月が経っていた。

家族の反対で出張が取りやめになり、その後ロックダウンに入った。緊急事態宣言が明けてからも事業戦略で忙しくて、なかなか横浜の現場まで来ることができなかった。

支社長の山中から現場の職場環境がさらに悪化して、山中が顔を出してもスタッフが無視する事態に陥っていると聞いていたが、ここまでひどい状況に陥っているとは思わなかった。

「新庄さん、ちょっと時間あるかな?」

委託元取引先の課長に挨拶に行くと早速、声をかけられた。業務委託の担当責任者でもある尾崎学《おざきまなぶ》に呼ばれて別室に入る。

尾崎とは一番最初のプロジェクトでも関わった旧知の仲だ。何か問題が起こっても大らかに構える温厚な性格だった。その温厚な尾崎の表情が曇っている。

「山中さんから状況、聞いてるよね。今、職場の雰囲気が本当に悪い。御社の問題だから、うちが口出しすることじゃないけれど、スタッフの元気がだんだんなくなっていくのを見るのが忍びないよ。彼女たちはうちの社員よりもずっと現場のオペレーションを熟知しているからね。辞められたら本当、困るんだよ。

……失礼だけど浜田さんに管理者は無理なんじゃないかな。新庄さんが来てくれたから心強いけれど、スタッフフォローを手厚くしてあげてください。そして早急になんとか解決してもらいたい」

誰もいない休憩室で尾崎は、やんわりと、だがはっきりと七希に苦情を申し出た。

「わかりました。早急に解決にあたります」

業務委託の運用で、契約社員が事実上の実権を持つ悪い事例に転じていた。

会社は社員の人件費を抑え、社員の業務の高度化を図るため、日々のルーティン業務を委託に切りかえ、パートや派遣社員に任せていた。事務作業や簡単なクレーム対応が社員の手から離れることで、最初はどの企業も喜ぶが、業務を引き継いだ派遣社員は、やがて仕事の流れを熟知して関連部署との調整役や社員並みの采配力をもつようになる。そしていつしか職場にとってはなくてはならない存在となる。

しかし社員は人事異動が伴い、人が入れ替わるのが現状であり、異動してきた社員は、仕事の細かい点までわからないので、現場を仕切ってくれる彼女たちに頭が上がらないのだ。それにいずれくる異動を見越して社員は、当たり障りなく彼女たちの機嫌を損なわないよう接していた。

社内業務を切りだし外部に任せることで、それまで社員が担当していた管理業務やスタッフフォロー。そして契約更新などの面倒な作業工程を省ける上、人件費も安価になるとあって、企業は業務委託に切り替えていく。

この社内業務である事務作業をどんどん委託に切り替える過程で、いかにスムーズにスタッフの心理的な不安要素をとりのぞき、運用をスムーズに移行させるかが一番骨の折れるデリケートな工程だった。

ここでしくじってスタッフの信頼を失えば、スタッフたちは自分たちのこれまでの権利や利益が失われるのではないかと委託先の会社に反抗し始める。これが長引いて委託が撤退となった事業を七希は以前の会社でいくつも見てきた。

しかも今回は自社の人選ミスが原因だ。言い訳の余地はないので、早急に対処しなければならない。浜田を呼んで本人の認識を聞くと、彼のメンタルも相当まいっていた。

「朝、朝礼しても誰も挨拶せずに僕を無視するんです。しかも実務でわからないことがあって担当の永田さんに聞いたら、『前にも教えたでしょう。何度も同じこと聞かないで自分で勉強してください！』と大声で注意されるんです。僕は一応、謝りますけれど……」

「ところで山中支社長はそれに対してなんて言ってるの？」

「僕にも悪いところがあるので信用してもらえるよう頑張れって。後は我慢して彼女たちの言うことは聞き流して穏便《おんびん》にすませればいいって。永田さんは高齢だから言い返しても仕方ないし、定年も間近だからと、あまり取りあってもらえません」

案件が生み出す年間の委託料の売り上げを守りたい一心で、事を穏便に済ませたい山中の心情が想像できた。

それから七希はスタッフ一人一人と時間をとって面談を行った。浜田に対するたくさんの不満が出たが、四名のうち二名は、すでに頭痛や吐き気、胃痛などの体調不良を訴えていた。

深刻な事態だった。早急に対処しなければならない。

総合的にスタッフの言い分をまとめると、浜田に仕事を頼んでも忘れてしまう。着任して一年近く経つが、いまだ基本的な仕事も覚えられずミスが多い。上司にあたる立場にありながら彼のミスのせいで自分たちが顧客に謝り、フォローして回っている。悪い人ではないが、どう見ても適任者ではない。横浜の支社から現場は目が届かないので浜田を監視することもできないのも問題で、業務中、不在がちで何をしているかわからない日もある。

毎朝、出勤して彼の顔を見ると頭痛や吐き気がして、会社に来るのが嫌になる。

と全員が同じことを訴えた。半ば示し合わせの感もなきにしもあらずだが、ここまで人間関係が崩壊してしまえば、誰にとっても辛いだけの生産性の低い職場環境だった。

七希は最後にスタッフ全員を集めて確認した。

「こんな状況まで追い込んでしまい本当に申し訳ない。早急に改善するのでもう少し待ってもらえませんか。

ただ一つだけ確認させてください？　朝礼で浜田さんを無視しているのは本当ですか？　それと浜田管理者が実務で質問したとき、キツイ返答で教えないことはありますか？　皆さんは十年以上のベテラン選手だけど彼はまだ一年余り。同じ業務スキルを求めることは、どんな人を入れたとしても管理者になるのは難しい事は理解してほしい」

一番業務を熟知している永田久美が切り出した。

「無視のことはすみません。でも浜田さんの顔……見たくないんです。仕事もしない人に朝から偉そうなことを言われるのは不愉快だし、共有の連絡事項も、本人が理解していないので何を言っているのかわからない。軽蔑しちゃうんですよね。どうしても……。

あと、仕事の教え方は私たちにも問題はあるけど、昨日、教えたことや、朝、頼んだことも全然、対応していなくて、その苦情を私たちが受けて尻ぬぐいしなければならない。

それおかしくないですか？」

「本人にも自覚を持ってもらうために、ミスには自分で対応してもらうよう、お願いしていますが、基本的な実務が理解できていないから、結局、お客様や他部署とも話が噛み合わなくなるんです。彼を実務から外すよう、実は私たち取引先からも言われているんですが、さすがに本人には伝えることはできません……」

リーダー的な存在の井坂ゆいがそう補足しながら、言いにくそうにつけ加えた。

「あと、皆の体調不良の原因は彼の行動にあるんです。浜田さん、毎日、機嫌がコロコロ変わって、怒ると感情をあらわにして、引き出しやドアをバァーンと力任せに大きな音を立てて閉めたり、ドスドスと威嚇しながら歩くんですよ。私たち実はそれが怖くて……」

それまでこらえていた崎山がワッと声を上げて泣きだした。

それが本当のことなら、パワハラにあたり、とても客先の現場に置いておくことはできない。

それから一週間、七希は現場に張り付いて、浜田に管理者の実務研修を行い、スタッフの信頼を取り戻すため、建設的なチーム構築や組織の中の自分の立場について話し合った。

しかし実務を見守っていると、日を追うごとに彼女たちの言い分の信憑性《しんぴょうせい》が高まり、完全な人選ミスマッチとして、修復できないところにきていると判断した。

山中には日々、状況が危機的であることを報告した。結果、浜田の後任の採用が決まり次第、体制を変えることになった。

しかし七希の本心は、後任は新規採用ではなくスタッフや委託元からも信頼が厚く冷静な対処ができる井坂に管理者になってほしかった。彼女なら皆を取りまとめて顧客との連携も円滑に取れるだろうと考えていた。

ただ山中支社長は自分の右腕となる管理者は男性にしたい強い思いがあるのも知っていた。その上、井坂は控えめで、自分より先輩を立てる性分ゆえ、管理者にはなりたがらない。それでも一縷《いちる》の望みをもって、七希は自分が現場にいる間、浜田と井坂に組織のあり方や報告業務、そして役割分担などリーダーに必要な要素を、時間を縫ってレクチャーを行った。

二人の習熟度は歴然としていた。物事の先読みができ、人への配慮も忘れない井坂がやはり管理者として適任であることは確信に変わっていた。

社員にしてもおかしくない経験と人格なのに、世の中は常に運とタイミングが複雑に絡み合っている。今の横浜支社は能力のある女性を、むしろ面倒に思う傾向があった。仕方ないと思いながらも、その不平等さに七希は井坂に対して後ろめたさを感じることもあったが、一方で複雑な組織構造のオーナー会社に井坂を社員として抜擢する勇気もなかった。

それは七希が帰阪する最終日の午後のことだった。まだ予断は許さないが、笑顔も少しずつ出てくるなど現場の空気は和らいでいた。会社にいる間、七希が昼食も彼女たちと一緒にとり、コミュニケーションを図ったことがスタッフの心を開くきっかけになっていた。

その日、手つかずになっていた委託元へ提出する半期の実績報告書の数値集計に七希と井坂は追われていた。

その日中に仕上げなければならない。最後の大事な管理者業務である。

データをとりまとめられない浜田をいったん外して現場を見てもらい、七希は井坂にプレゼン資料の作り方や発表の仕方を教えていた。それに井坂も熱心に応えてくれた。

そして報告会の前、三人で内容を共有するために浜田を呼んだ。

会議室に入ってきた時の浜田の様子は少しぎこちなかった。報告書の内容の共有を三人で終えた後、最後にやんわりと七希がスタッフや顧客から上がっている浜田への指摘事項をフィードバックしていた時だった。

突然、浜田が立ち上がって威嚇《いかく》するように目をむき、マスクを外して怒りと憎しみの表情を見せた。

「室長、こいつらの言葉にだまされんなよ。俺がここの管理者だ。俺抜きで好き勝手なことはさせない！」

浜田は自分の能力不足を七希に攻められたと思い込み、自分に見切りをつけて井坂を管理者と承認したと勘違いしたのだ。そして自暴自棄になり暴言を吐いた。

会議机を叩き、足で蹴った後、七希にゆっくり近づいてきた。

怖くて一瞬、七希の身体がこわばった。殴られるかもしれない恐怖と彼の狂気じみた豹変ぶりは普通ではなかった。

これか！　このことを皆が言っていたのだ。ふいに七希は冷静さを取り戻し、携帯電話を取り出した。

「今から会話を録音させていただきます。先ほど言ったことの意味がわかりません。浜田さんはいったい何を言いたかったのですか？　もう一度、話してください」

七希がボイスレコーダーのボタンを押したと同時に、隣にいた井坂が先に口火を切った。

「浜田さん、本当にいい加減にしてください。新庄室長になんてこと言うんですか！　さんざん迷惑をかけて教えてもらっておきながら、その態度は許せない。暴力をふるうならここで大声を上げますよ」

その声は涙声で震えていた。

「浜田さん、今まで言わなかったけれど、あなたの態度にはもう我慢できません。あなたはもう何もしなくていいです……。私が管理者になります。そして皆を守ります。だからここから出て行ってください」

業務を教えてくれる一番温厚な井坂から、厳しく言われた浜田は、すっかり勢いを失ってのろのろと立ち上がると、無言で部屋から出て行った。

浜田が部屋から出ていくと同時に、井坂がこらえきれずに声を上げて泣いた。

「新庄室長、本当にすみません。みっともないところを見せてすみません」

その言葉に、七希の目からも涙が自然にあふれて井坂を抱きしめていた。

「私、悔しい……　あんな人を皆の前でずっとかばっていたなんて。室長、私、悔しすぎて涙が止まらない」

本当は七希が、井坂を守る立場だったのが、一瞬、怖くて動けなかった。それが本能だった。しかし井坂が先に声を上げてくれ、彼女が七希を守ってくれたのだ。

長い間、人材業に携わる中で、これまでスタッフを守ったり、時に責められたりすることはあっても、スタッフから守られたことなど七希は一度もなかった。

この仕事に就く限り、守られることはないとあきらめていた彼女の胸に、言い知れぬ温かいものがこみ上げて、井坂の信頼と優しさがただただ嬉しかった。

帰阪する新幹線の時間が迫っていた。本当は残って最後まで、浜田の言動を追及したかったが、その日のうちにどうしても帰阪しなければならない。そこで山中を動かすことにした。他のスタッフに頼み、絶対に井坂を一人にせず一緒に帰宅するように指示し、山中に電話した。

山中の反応は奇妙だった。七希が報告した浜田の暴言行為に対してあまり驚かなかったからだ。あの後、浜田からすでに報告が上がっていたのだろう。どうも反応が鈍い。もう一刻も早く浜田を現場から引き上げるよう説得すると、焦るふうもなく山中は「いずれね」とだけ答えた。

そこで七希は、会話の一部始終を録音していること。それを本社に持ち帰って報告すると伝えると、山中は電話の向こうで息を呑むのがわかった。そして急に焦りだし、態度を変えた。

今度ばかりは隠蔽《いんぺい》させない。スタッフの身に危険が迫っているからだ。正気を失うと浜田は何をしでかすかわからない状態だ。

その翌日、浜田は現場を離れて支社付の営業へと配置転換された。特に社内ではお咎《とが》めのない甘い処分だったが、この一連の事件が取引先にも知られ、浜田はその現場のみならず企業にも出入り禁止となった。

大阪に戻ってからも、七希と井坂、そして他のスタッフはその都度、遠隔で業務連絡のやり取りを行い、連携を図った。

今では井坂が中心となって他のスタッフも協力し、現場はあるべき安定した姿へまとまり始めていた。付き合う長さや距離など関係ないと七希は思った。仕事に真摯に向き合う者同士であれば思いは通じ、互いに職位を超えて信頼でき、また守り合えることを七希は彼女たちとの繋がりを通して学んだ。

そして自身を成長させてくれた出逢いに心から感謝した。

この仕事をしていて、大きな充足感を得ることができるのは、スタッフが自分の存在意義を通じて正当な評価を受け、自分たちが創り出す生産性が企業貢献に結び付くウィン・ウィンの関係を結ぶことができた時、予測できない人間関係のシナジーが生まれる。それこそ人材事業に携わる醍醐味だなと七希は身をもって信じている。

潰えた会社の未来、そして新しい流れ

久しく平穏な日々が続いた七月の下旬、突然、管理職全員が会議室に呼び出された。そこで渡辺取締役が、決算報告の役員会で決定した人事を告げた。この役員会は一年に一度行われる全グループ会社全体の役員会である。

新人事では社長の田村智子が副会長の役員へ降格となった。岸田修が社長だったころより順調な業績を伸ばし、前年度は過去最高の利益を出したにもかかわらず、一年で降格となったことに社員全員に動揺が走った。

代わって一族の長兄である岸田剛が社長に就任していた。最初からそう筋書きが決まっていたとしか思えない。以前、乾が言っていた言葉が思い出される。

誰がどれだけ大きな売り上げを残そうが、オーナー一族に全て吸収されてしまうという、あの言葉が正しかったことになる。それ以上に意外だった人事は、管理職の合同研修に冷めた態度で臨み、取り組みも習得も一番消極的だった総務部長の浅田公美《あさだひろみ》が、経理部長兼

取締役に昇格したことだった。

いくら正論を唱えても所詮《しょせん》、オーナー会社では、社長の目論見《もくろみ》一つですべてが変わってしまうことを全員が目の当たりにした人事だった。

近畿一円の大型施設のテナント賃貸業と、施設のメンテナンス会社、医療関連、福祉事業、そして人材派遣業を一代で築き、成功させた岸田家の先代は、三社の経営を長男の岸田剛に任せていた。

一族の利益と会社の存続。千人以上の従業員の生活を守る岸田剛の責務は大きく、それゆえ、売り上げ成果にもドラスティックな性格である。

弟の修の不祥事からいきなり派遣会社を引き継いだ剛は、当時は、まだ社員への認知度も影響力も低く、事業内容も掌握していなかった状況から、初年度は田村に社長を任せ、一年後に自分が就任したのも当然の成り行きといえる。

そして自身が社長に就任したことで岸田剛は内情を探り、利益を生まない社内の間接業務に目をつけた。結果、勤務二十年から三十年の女性社員は役職がついたまま、高い給与をもらっている現状を知った。

前社長の修派に属し、会社の裏事情も知りつくした形骸化した管理職が、部長並みの年収であることに岸田剛は納得していなかった。

今回の組織編成で、コンプライアンスグループは取り壊され、翌月から売り上げ数字を持つ営業部隊へと急遽《きゅうきょ》、変わることになった。

彼女たちはスタッフフォローや契約書など事務処理には長けていたが、営業から離れてずいぶん経っていた。修に特別に引き上げられてからは仕事らしい仕事もしてこなかった。そこを剛はテコ入れし営業部隊に変えた。しかし営業に回されても人脈も顧客ももたない彼女たちは新規開拓ができず、たちまち行き詰まった。

与えられた目標売り上げも未達のまま営業会議ではまともな報告もできず、他のグループからは会社のお荷物と軽視されていた。

その屈辱に耐えられない社員は見切りをつけて会社を去ったが、最後に残ったのが、小川優子、宮園麻衣、乾かおりの三人である。

また岸田剛の追及の手はそれだけにとどまらなかった。次は営業本部長の澤井が目をつけられ、年収に見合う働きをしていないと部長へ降格された。そして新しい売り上げにつながる事業を早急に立案するよう指示が下る。そこで澤井は他社で成功していた新事業にならって障害者雇用の促進に目をつけた。

法令で定められた障害者雇用者数の実現がまだ充足していない日本の企業に働きかけて、農園事業を開発し、そこで障害者を雇用する事業を提案することにした。農園で育てた野菜や果物を会社の社食で利用したり、福利厚生の一環として社員に提供する事業は障害者のやりがいを損なわず成長の兆しを見せていた。

澤井と七希は雇用現場や農地の視察をまわりながら、その事案に一縷《いちる》の望みをかけた。そして長期的に見れば会社の新しい根幹事業になると判断して役員へ提案した。

しかし社長から先行投資に必要な資金が高額だと一蹴されてしまう。

ある時、社長は七希だけを呼びだし、事業として何かやりたいことがあるかと聞いてきた。七希が国でも大きな課題になっている労働者不足の解消のため、外国人労働者の受け入れを提言した。外国人を受け入れている日本語専門学校と提携し、卒業後の転職先について紹介事業を行ってはどうかと提案したが、外国人労働の就業ビザの課題などから保守的な社長には受け入れられなかった。

保育、教育関連、どんな新しい事業企画を提案しても岸田剛は自分が理解できないこと、手間のかかることを嫌がり、二代目特有の徹底した現状維持と人脈に頼る取引先の拡大に固執した。澤井も七希も八方塞がりの状態に立たされることになった。

だがある日の企画会議で、若手社員の採用が滞っているため、グループ会社全体の社員の高齢化が進んでいることを七希が提言した。すると岸田剛も危惧する課題だったのか、これには積極的に耳を傾け、社内調査を七希に依頼してきた。早速、七希が会社の内情を調査していくとすぐに改善が必要な課題が山積されていることがわかった。

特に先代の会長が力を注いでいる介護事業のヘルパー事業部の人材不足は急務に解決すべき課題である。そこで剛は澤井と七希に改善策を命じた。

人材の中でも保育士と介護士、そしてヘルパーの採用は資格と実務経験が必要なため、どこも引く手あまたで、採用難度が高かった。絶対数が少ない上、激務のため、採用してもすぐに辞めて異業種に転職する若者も多い。どこも人手不足で普通に募集を出したところで人材は集まらない。

また介護士の給与が右肩上がりに高騰している市場に対して、ヘルパー事業部の給与体系は利益がでていないことから、随分前から見直されることもなく採用条件は他社と比べて魅力が乏しい。

それでもなんとか人集めの施策を考え、七希が作った提案書を持って澤井が社長の前でプレゼンを行ったが、却下され、澤井は打ちひしがれて戻ってきた。

二人はそれでもあきらめず同業他社の状況や成功事例を集めて回った。澤井の人脈は広かった。結果どこの人材業も人集めには苦戦しており、特に福祉関連の人材確保は専門業者でないと集客が難しいことが判明した。


「内緒なんだけど、俺、今、転職活動してるんだ」

「えっ、そのポジションで？　いつから考えていたんですか？」

その日、同業者との意見交換を終えて一緒にランチを食べている時、澤井は七希に携帯の画面を見せた。

「ほら、別業種だけど一社、内定も出てる。それとまだ名前は言えないけれど東京にある会社でオンライン面接を終えて今度、最終面接まで進む会社もあるんだ。俺たち、もう多分、先がないんだよ。事業戦略は切り離されたんだ」

「えっ、でも取締役、何も言ってこないですよね」

「まぁ、当事者には最後まで何も言わないのは、この会社のいつものやり方」

七希の心はざわつきながらも、小さくうなずいた。

「本当は何があったんですか?」

「ほら、俺たちいろいろ考えて提案してきただろ。でもある時、わかったんだ。提案なんて社長は聞く気がないんだって。だってこの前の会議で介護ヘルパーの提案を持って行った時、社長、資料も開かなかったんだぜ。作った新庄さんには申し訳ないから言えなかったけれど」

「そうなんだ……。でも企画が一発で通ることも少ないですよ。もう少し練り直せば……」

「いや俺が感じた疎外感は、社長だけじゃない。社長に見せる前に取締役と役員の前で根回ししてプレゼンの承認をもらってたんだよ。でも実際、社長が厳しい態度に出た時、あいつら一言も俺たちを擁護しなかったんだぜ。まるで初めて聞いたように無言でうつむいていた。その時、ああ、これは俺たちを排斥したんだなと思ったんだ。もともと事業戦略は三木会長と渡辺取締役の構想だったけれど、承認した社長が今になって心変わりしたんだよ。俺、修さんに雇われたでしょう。今の社長には目障りな存在なんだよ。直接、言われたわけじゃないけれど肌で感じるんだよね」

「そんなことが……あったんですね。なんとなく想像できるかも。でも入社して八年。結婚して子供も生まれたばかりじゃないですか。家庭とか大丈夫ですか？」

「俺ね。入社三年でマネージャーから一気に本部長になったでしょう。皆、年収高すぎるって陰口言うけれど、本部長になってから五年間ずっと給与上がってないんだよ。渡辺取締役も何の権限もないでしょう。彼が社長の前で発表する経営計画とか、五カ年計画とか全部、俺が作ったんだよ。三木会長が岸田社長に口出しさせないようにする資料も全部、俺が作ってたんだよ。でもそれが仕事だと言われればサラリーマンだからそんなもんだよね。でもいざという時、部下を助けない役員ばかりで、社長と自分だけ守るんなら、俺たちの居場所はここにはないよ」

　確かに期末に向かって澤井は社長によく呼ばれて詰められているようだった。それに今まで一緒に行動していた役員たちは、潮が引くように彼に話しかけなくなっていた。誰が見ても圧力をかけ排斥していると取られてもおかしくない。

「ごめん。新庄さんとだったら何か新しい企画が創れると思って事業戦略の部署をつくったけど、おそらく来期はこない。だから先に言っておくよ。会社に残るか、次を考えるかした方がいい。新庄さんだったらまだ転職できるよ」

　その年の期末。澤井は転職先を告げずに会社を去った。まだコロナ禍の影響で自粛ムードはあるものの、少人数での送別会すら設けられなかった。

最後の日、澤井は「何年もの時間、無駄にしちゃったよ」そう言って笑いながら会社を去って行った。足取りも軽く執務室を出て行く澤井の後ろ姿を見ながら、いつか自分もそうなる日がくるのかと自分の姿を重ねてみる。

もう数えきれない程、人が去る姿をこの会社で見守ってきた。澤井にはずいぶん世話になった。彼の次の人生が充実したものであってほしいと七希は心から願う。

実は澤井から転職活動のことを聞かされた時、七希も動揺して動いた時期があった。

そして自分の市場価値を知りたいと転職サイトに登録した。すると数社から反応があった。一次面接を受けた時点で感触が良かったので二次も考えたが、ふと我に返った。このまま澤井の気持ちに引きずられて自分のこれまで積み上げてきたものを捨てていいのかと。

もし自分が会社を辞めると言ったら会社はどんな対応を取るだろうか。澤井と同じか。それとも引き留めるだろうか。


澤井がいなくなった翌日、七希は直接、今後、事業戦略をどうするつもりか渡辺に聞くことにした。

「来年の組織については、自分には何の権限もないからまだわからない。情けないけどね。

でも全員営業へ方向展開する可能性がある」

その言葉を七希は信じた。いつになく渡辺も隠さずに本心でぶつかってきたからだ。

「ではもし営業部隊に配属されるなら、部下をつけてください。管理職である限り、自分のグループで業績を上げたい。もし、それもできないなら、私も自分の進退を考ようと思っています」

「できるだけのことはやってみるよ。構想はあるから」渡辺はそう答えた。


その後、しばらくして三月の初旬、退勤間際に七希は渡辺に呼ばれた。会議室に入ると渡辺は目を輝かせながら一呼吸置く。

「長く待たせちゃったね。やっと次年度の組織編成と体制が決まったから、まずは新庄さんに伝えようと思って」

七希は小さく深呼吸した。何があっても動揺しないでおこう。そう構えることにした。

「新庄さんには、第二営業部のマネージャーになってもらう」

「営業にそんな部署はないですよね？　それは新設部署ということですか」

「そうだよ。新しいメンバーを引っ張っていってもらう。そしてこれが組織図だ」

組織図をのぞきこみながら、七希は自然に自分の位置を確かめる。そして紐づいたメンバーを確認して言葉を失った。

「これって。あの部署を引き継ぐんですか」

「いや引き継ぐんじゃない。新しい営業部署として派遣売り上げの全般を担当してもらう。既存の取引先で一社数名の派遣契約がある会社が保育も含めて五十社はある。そこを引き継いでもらうことと顧客の新規開拓が主なミッションだ。社長も期待していたよ。新庄さんならできるって」

渡辺の声が遠くに聞こえる。七希は組織図からなかなか目が離せない。自分の名前の下には前年度、売り上げ目標額が二割しか達成しなかった、古参の三人組の名前が記してあったからだ。

「でも、私の下じゃ、本人たちは納得しないんじゃないですか？」

「彼女たちは文句言わないよ。これは秘密にしておいてほしいのだけれど、この前社長が一人一人呼んで部長や課長の役職を解いて参事に降格したところだ。そのうえ、目標も達成できなかったので減給もされた。降格と減給になっても続けていきたいというのが本人たちの意向だから、この人事を全員が受け入れたことになる。もし反抗的な態度を取ったらいつでも言ってきて」

あらかじめ仕組まれた人事を知って、七希は残酷だなと思う一方で、ずっと七希を軽んじていたメンバーの上にやっと立つことができるのだ。これはゲームのような逆転劇だった。今までは彼女たちがあぐらをかく姿に苛立ちを感じても、静観するしかなかったが、これからは自分が指揮をとる上司として彼女たちを動かす立場になるのだ。しかも自分の思い描いていた営業企画も実践で試すことができる。

それはシニア世代のマインド思考の変革。

彼女たちのマインドを変えて会社への貢献度と存在意義を高めることができるかどうか試してみたい。

険しい側面ばかり見ていたらキリがないが、この会社で最後にやり残したこと。それは七希にとって派遣営業である。

業務委託のアウトソーシング事業でプロジェクトの立ち上げから始まり、委託の推進事業や人材紹介事業も立ち上げ、横浜支社のテコ入れも行った。社員の育成にも携わり新しい事業企画まですべての業務を一巡したといっていい。

この人事を嫌がらせと捉えることもできたが、七希はそうは思わなかった。この会社で最後に、成長できるチャンスと考えることにした。今までも会社に求められたことに対し、いつかは自分の血肉になると信じて挑み、さまざまな困難も乗り越えてきた。自分なら できるかもと真摯に向き合ってきた。

確かに入社の入り口は自分の得意分野である業務委託の種まきだったが、どれだけ華々しい業績をあげようと、会社の根幹事業が派遣営業であるかぎり、そこを担当した経験がなければ、どこか見下されているところがあった。

なぜならこの会社が三十五年間、派遣営業しかしてこなかったからだ。派遣で結果を出さなければ認めない社風があった。

これは集大成となる大きな転機かもしれない。どう転ぶかわからないが、やってみたい。挑戦してみたいという気持ちが七希のなかで強く湧き上がっていた。

こんな日がくるとは誰が予測できただろうか。

七希はいつしか、渡辺の事業計画に耳を傾けていた。

問題の三人

「朝礼、立ってやりませんか？」

「えぇ！　私たちずっと座ってやってたんです。立ってする意味がわからない」

宮園麻衣が、挑発するように座ったまま七希の顔を見上げた。

「そうですね。でも、周りを見てください。どの部署も立って各自、今日の予定を共有してますよ。倣《なら》いませんか？」

「めんどくさあい」

今度は乾かおりが加勢する。

「すみませんが今期から私がマネージャーです。以前までは知りませんが、指示は受け入れてください。座って話すと不要な報告まで混ざることがあります。朝は各自、忙しいので、その日の行動予定と重要な報告を効率的に共有するために、立つ方が集中できます。相手を立たせていると考えると時間を無駄にできないでしょう」

前年度は部長でありマネージャーとして仕切っていた小川優子が、七希の言葉に反応して最初に立ち上がった。それに続くかのようにのろのろと乾と宮園も立ち上がる。

「では今日の新規顧客回りの予定をそれぞれ教えてください」

三人は特にありませんと口々に答えた。不満げな表情をあからさまにして、それを隠そうともしない。

「では、今日はまだ訪問していない過去の取引先に連絡してアポを取っていきましょう。とにかく動かないと、あっと言う間に日は過ぎてしまいますよ」

最初からきついと思ったが、七希ははっきりと立場を明言した。彼女たちは社歴が長いことや周りに煙たがられることで誰も注意しないことを逆手にとって、これまで好き放題してきたのだ。

しかし参事となった三人を第二営業部のメンバーとして動かしていかなければならない。若手のように手取り足取り教育することはないが、早々にマインドを変えてもらわないと売り上げを達成することはできないと考えた。

以前、小川が座っていたマネージャー席に七希が座ることになった。立場が逆転したその日、小川が真っ先にとった行動は部長の肩書が入った自分の名刺をシュレッダーにかけたことだった。七希は彼女の背中を見ながら、それを覚悟と捉えた。

新体制を彼女なりに受け入れようとする行動である。

しかし一週間経っても三人の行動は受け身で、席に座ったまま外出しようともしない。

スケジュールを確認しても、一週間で二社程度しか訪問先が決まっていない。七希が一人一人に声をかけて外回りを促すが、契約書の発行や事務処理がたまっているとか、スタッフとの面談が立て込んでいる等、七希が派遣営業の要領を知らないことを逆手に取ったもっともらしい言い訳が後を絶たない。


その週末、七希は三人を集めて会議を開いた。部署の売り上げ予算を個別に振り分ける重要な会議だ。これまでにない予算が組まれ七希も達成できるかわからなかった。

しかし目の前の山を登るしかない。

「部署予算が三億なので今回は、それを個別予算で振り分けたのがこれになります」

七希が年間予算を月間で各自に振り分けたものを見せると、三人の顔色は変わり、態度が一変した。

「こんな予算、達成できるはずがない。去年、この半分以下でも未達だったのに！」

「でも会社の指示です。今はこれをどうやって達成するかの会議です。できない理由を聞く会議ではありません」

七希はそれぞれの目を見て言った。

「ちょっと見て！　マネージャーの新庄さんの予算が一番、低い。それおかしいんじゃないですか！」

「私の立場は管理職でプレイヤーではありません。普通、管理職は予算を持たないものです。それと、私が予算を同等に持つというなら、私の仕事の一部を皆さんへ割り充ててもかまいませんか」

三人が口々に、七希に異議を唱えた。そこへ話の流れを変えたのは小川だった。


「私たち、傷ついているんです。正直、今、会社に裏切られてやる気などとてもでません。マネージャーには申し訳ないけど。置いてけぼりになった私たちの気持ちも少しは汲んでもらえませんか」

「先輩たちの愚痴を聞くつもりはないですが、マネージャーとしてなら伺います。何を裏切られたんですか？」

小川の手が小さく震えていた。

「二月の終わりに私たち、一人一人、社長と本社の専務取締役の角田《かどた》さんに、突然、呼ばれました。そこで。予想はしていたんですが……。

部署の業績の悪さとマネージャーとしてのスキル不足を叱責されました。『高い給料出しているのに、自分の給料分も働けないのか』とまで言われましたが、事実、その通りだったので言い返せなかった。そこで減給を言い渡されました。そして退職勧奨ともとれる、計算済みの退職金の数字まで提示されたんです。会社としては減給と降格を受け入れて会社に居続けたいなら、今期の新庄室長の組織体制に配属することも伝えられました。

そしてそれが受け入れられないのであれば、そのまま部長や課長の職位で退職金を支払うと暗黙に退職を促されたのです」

乾が続けた。

「私たち三人は今、会社を辞められないんです。私はシングルマザーだし、小川さんは介護の父親を一人で看ていかなければならない。宮園さんもシングルだし生活がかかっているので選択の余地はなかった。しかも結果も出せてないしね。社長や会社の考えも理解できますよ。でも本当に納得いかなかったのは、その場に同席していた渡辺取締役や田村副会長、そして私たちが営業部隊に回されるまで味方だった浅田取締役の態度です」

「同じ社歴の田村さんや浅田さんは、こうなるのをあらかじめ知っていながら、私たちに何も言わなかった。そして減給と降格の話の時も、一言も発しなかった。ずっとうつむいたままで、あの保身ぶりには本当に幻滅しました」

「だから頑張る気になれない。そう言いたかったんですね」

七希は話に区切りをつけながら、辞めていった澤井と彼女たちが同じことで傷ついていると感じた。彼女たちの話すことは生々しくて、自分の将来を暗示しているようにも思えた。今はこうして管理職でいるが業績が悪くなれば、彼女たちと同じ目にあうだろう。

七希は三人に初めて会った時のことを思い返した。


あれは入社して二年目に入った頃だろうか。官公庁の単発の仕事で社員が足りないので駆り出された、初めての打ち合わせの席でのことだった。

当時、小川と宮園は営業部長だった。女性社員も多く、全社員を集めて大きなイベントを采配し取り仕切っていた。二人の仲は決して良くなかったが、宮園は官公庁とのパイプ役と顧客対応、小川は社員の役割を決めて、イベント当日の運用にミスが出ないよう細かい点まで采配していた。乾は二人のサポートをしながら最終的に漏れがないか確認と当日、稼働する派遣スタッフの集客と採用を担当していた。

二十人はいた女性社員を相手にイベント成功に向けて最終の調整に入っていた。七希の目には、役割に責任を持っている三人が輝いて見えた。

大手企業ではないが、長年続いた地場に根付いた派遣会社のプライドや気概のようなものが確かにそこにはあった。女性が元気な会社だった。

その彼女たちが、今、七希の目の前で悔しさに涙ぐみながらも最後の自尊心を保とうと懸命に闘っていた。七希の心が澤井の言葉と重なって揺れた。

しかし同情していても何も解決はしない。また、いつかはこうなることを予測して、将来に向けて何のスキルも積んでこなかった彼女たちにも問題はある。NGを会社に出されてもしがみつく選択しかないのは自分たちの責任でもある。


前年度の事業戦略の取り組みのなかに、若い労働者の確保が厳しくなっていく現状を打開するため、七希はシニアの活躍の場を広げようと顧客にヒアリングした時のことだ。取引先の担当者に率直にシニア雇用についてどう考えるか聴いた時、その多くが難色を示した。

シニアになると過去の成功事例に固執して、新しい考えや変化を受け入れることが難しくなり、扱いづらいというのが主な理由だった。また年下の管理職が年上の部下に気を遣うので敬遠するというネガティブな意見も多かった。

シニア雇用の壁は、シニア自身が自らのマインドを時流に合わせ、柔軟に新しい時代の流れを受け入れることで乗り越える必要性があると実感した。

そう分析する七希も五十代半ばでシニアに向かっていた。世間的にはシニアの定義は退職する六十代と考えるが、企業は五十代半ばをシニアと位置づけて、役職定年させる会社も少なからずあった。

であればなおさら、七希は小川をはじめ三人の気持ちが理解できた。

「これまで会社に尽くしてきたのにそれはつらかったですね。であれば、なおさら今が踏ん張りどころじゃないですか。その悔しい思いをやりたくないという他責の考えから切り変えて、やるべきことを優先して、皆さんがもっている能力を精一杯、出しきって会社を見返しませんか？」

七希の言葉に誰も反応しなかったが。彼女たちは七希が敵ではないと感じたようだった。

打つ手は一つしかなかった。自分も売り上げ予算を按分《あんぶん》するしかない。女性を動かすのは協働の精神だと思ったからだ。

縦の組織ではない。分け合う横軸の協働以外に彼女たちを納得させ動かすことはできない。

「わかりました。じゃあ、私も予算を持ちましょう。そして多めに。だけどその代わり、皆さんも与えられた予算は今後、文句を言わず、必ず達成するよう努めてください。ここで意見が出ないのであれば、皆さんの承認とみなしますが、よろしいですか」

三人の無言を七希は了承と捉えた。小川優子と宮園、そして七希が同等の予算を持ち、営業経験の少ない乾が一番低い予算を持つことになった。

社内の管理職たちはこの選択に難色を示す者もいた。予算を持つ管理職など聞いたことがないというのだ。

七希は管理職になってわかったことがある。ポジションが上がれば上がるほど、管理職の男性の警戒心は強くなり、徒党を組んで新しいことを始める者を排他しようする傾向があった。

とにかく期初のテープは切られたのだ。彼女は自ら率先して外回りを始めた。

営業に必要な派遣法や契約処理、および契約更新の流れ、売り上げの積み方や数値管理など、そのどれもが委託の流れとは違い、七希にとって初めてのことばかりだった。

知識や処理の流れをできるだけ早く習得するため、七希は毎日、遅くまで会社に残り、知識不足を補った。その熱意が周りに影響したのか協力する者があらわれだした。

中でも状況を一番、無念に思っている小川優子が、熟練した自分の知識を惜しみなく七希に授けた。小さな変化だったが、やがてそれがバタフライ効果のようなシナジーをチーム全員に波及していく。

七希は過去に営業経験がなかったことが幸いして、事業戦略で経験した提案が外回りで功を奏した。

一つ一つ、小さな当たり前に疑問を持ち、これまでのやり方を変えると、まるでオセロの駒がすべて自分の持ち手の駒の色に変わるように順調に取引先は増え、営業実績は数字となって現れだした。

特に若手の人材不足が目立つ昨今、四十代以降の派遣社員は雇わないと譲らなかった企業に、今後の労働人口の減少推移を可視化させた資料をもとに理論的に取引先の説得に努めた。

自分の経験値を増やすために転職を繰り返す、会社への忠誠心がまだ未熟な若年層より、環境の変化を好まない経験値の高い四十代を雇い入れる方が、リスクが少ないことを自社の分析結果から割り出した。実際、稼働者の年齢別統計を見ると、中高年は多少、自分の意に沿わぬことがあっても経験と感情のバランスが取れ、割り切って安定的に職務についていたし、仕事を休むことも少なかった。

七希はとにかく一度雇用してほしいと企業と粘り強く交渉した上で、人選をしっかり進めながら企業に人材を送り込んだ。

それが実績となり、売り上げとして数値に反映したのだ。自分の戦略の思惑が実を結ぶと、七希も営業の達成感や充足感を得ることができた。

その様子を見ていた渡辺取締役は七希がプレイヤーになるのではなく、大御所の三人を動かさないとマネージメントにならないと指摘した。渡辺の言い分もよくわかったが、第一四半期は自分のやり方に任せてほしいと説得した。

もともと自尊心が強い彼女たちを本気で能動的に動かすには、『まずい』と本人たちが気づくことが大事だった。そこに気づけば自ら動きだすと信じていたからだ。だから第一四半期は、三人独自のやり方で仕事を進めることを容認し、結果が数字に表れなかったら第二四半期から、七希が口出しすると決めていた。

実際、七希が日中に営業に出て案件を取ってきては、定期的に派遣社員を送り込むようになったので、売り上げが急速に伸びだしたことに三人は焦り始めていた。

やがて、このままでは本当に、来期もまた減給されると予想した三人は自ら動きだした。過去の取引先をあたり、煩雑だが売り上げが大きく立つ、イベント事業も面倒がらず交渉にでかけた。

結果、第二四半期の半ばには、部署の月別目標額を達成していた。

自らをシニア部署と自虐的に呼びながらも目標が達成すると三人は輝きだした。

だが、もうすぐ六十に手が届こうとする年代の社員が、若手社員と肩を並べて外回りするのは体力的に相当きつい。

「この働き方は、私たちの年代がする働き方じゃない。単純な営業回りではなく、もっと別の能力を生かせるようになれば効率も上がるのに……」

取引先の官公庁に同行する七希に宮園がそれとなくこぼした。彼女から出かかる愚痴の矛先を変えようと、

「宮園さん、何か良いアイデアがあれば言ってください。ダメもとで社長に提案してみますよ」

「私たちのこんな働き方を見て、若い人たちはどう思っているのでしょう？　この会社に希望は持てないんじゃないでしょうか」

七希の言葉を流して宮園が続ける。確かに去年まで部長だった中高年の管理職がいきなり参事に降格して、一般の営業と同じ仕事をさせられているのを見ている若手社員は、いずれは自分もそうなるのだと会社に良い印象を持つ者は少ない。

宮園麻衣はグループの中で最高年の五十九歳だった。定年まであと一年なので何が起こ

っても会社にしがみつくだろう。

宮園は岸田修がまだ社長だった頃、取締役まで上りつめた経歴をもつ。自分の私生活をほとんど話さず、誰とも群れなかった。会社に何も期待しない最も冷めた社員という評判だった。

十数年前、社長だった岸田修は民間銀行の支店長経験者を社長として迎えたが、経営方針が合わず大喧嘩した。

結果、社長は会社を去り、修は自身の経営手腕に自信が持てなくなった。突然、北海道で畜産業を始めると調査にでたきり、半年間戻ってこなかった時、宮園が十勝まで修を迎えに行き、連れ戻したという経緯がある。

情緒に流されやすい修は、経営の経験も持たない宮園を役員へ引き上げ、取締役に任命した。しかし結果は惨憺《さんたん》たるものだったらしく一年で部長へ降格。その後、次長、そして課長へ降格した。一度、取締役まで上りつめた者が能力不足とのレッテルを貼られて、年々降格しても彼女は耐えた。従順すぎる故、最後は修にまで疎まれるようになり、課長の肩書はそのままに営業に配属されるが、そこでも成績を上げることはできなかった。

最終的に委託現場のコールセンターのオペレーターにまで落ちても辞めなかった経験から、彼女のメンタルは相当、強い。

どの部署に配属されても、自分の存在感を消して、顔色一つ変えず職務に取り組む姿は、鉄の心をもつ社員として周りから一目置かれていた。不器用だが根が真面目なこともかえって周囲の同情を引いた。

そんな宮園が一度だけ、七希の前で号泣したことがあった。

会社はずっと自分を侮辱してきたと彼女は言った。それは心から湧き上がる本音だった。周りからは運が強く、会社から評価されていると思われている七希でさえ、何度か宮園と同じ感情を抱いたことがある。

何度も会社から搾取されているのではないかと思いながらも、まだ会社を信じたいと実直に努力を重ねるが、その真価が認められたことが何度あっただろうか。

これはずっと七希のなかで時々、蠢《うごめ》く、答えのだせない疑問だった。

しかし実は宮園もそうだったように、自分だけでなく、自分の上司や役員も同じ気持ちを抱えているのではないのかと七希は思うようになっていた。

彼らも最終決済権がない限り、同じ苦しみを持つのではないのかと。

ビジネスセミナーや啓発本には、必ずといっていいほど、ビジネスの目指すべき姿は双方に利益をもたらすウィン・ウィンを唱えているが、日本の会社の多くは、いまだ自分が負けて相手に利益を与えるルーズ・ウィンの関係性が多いのではないかと感じていた。

自分を犠牲にして相手に貢献と忠誠を差し出す。だが、その好意に返報される者はほんの一握りで、その多くは報われることが少ない。

第二営業部の上半期の売り上げ予算は、当初の目標を大きく上回って達成した。管理職の予算報告会議では、もう誰も第二営業部を「お荷物部署」と言わなくなっていた。また予算が達成されると七希と三人の間の摩擦も徐々になくなっていった。周りからも一目置かれる部署に成長したことで、七希はこれまでに感じたことのない充実感をおぼえた。

しかし売り上げを伸ばすにつれて、受け持つ顧客数やフォローするスタッフの数も急増していた。

それに加え、本来の管理職業務である報告書の作成や会議への参加。定期的な役員への報告会も増えた。そして担当するスタッフ数が八十名を超えた頃に、その事件は起こった。

届いた訴状

すべてが安定に向かい順調に進んでいた秋も深まったある日。七希のデスクの上に一枚の茶封筒が届いた。忙しかったので七希はそれをチラと見ただけで、たまっていた事務処理に専念することにした。

そして夕方になり、やっと一息ついてから封筒を開けると、それは大阪裁判所からの訴状だった。

七希の名前が「被告」として書かれている。息をのみ書面を詳しく読むと、派遣契約が途中終了したスタッフからの訴状だった。原告の名前は竹村《たけむら》翔太《しょうた》となっている。

先月、もめたまま契約終了となったスタッフだが、まさかの出来事だった。

竹村は医療費を請求するために民事訴訟を起こしていた。四十代の竹村の性格はおとなしく、むしろ礼儀正しいタイプの男性派遣社員だった。派遣社員に仕事を紹介するコーディネーターが、「言葉使いも丁寧で真面目な印象だ。コールセンターの経験もあるから案件を紹介してもらえないか」と七希に引き継がれた。

職務経歴を見ると、東京の名門一流大学を卒業後、三社転職し、その後、四十代に入ってからずっと派遣社員としてコールセンターのオペレーターを渡り歩いていた。

コールセンター業界は圧倒的に女性が多い職場なので、働き盛りの男性がオペレーターを希望している事を珍しく思ったのが七希の第一印象だった。

面接でも礼儀正しく問題なさそうだった。人手不足の業界での経験者は有利だったので、七希は取引先へ竹村を推薦した。

そして仕事につくと最初の二カ月は勤怠や成績も良く、取引先の評価も高かったので、すぐに契約更新となった。定期的なスタッフフォローで竹村と面談した時も特段、問題はなかった。

ところが契約から四カ月に入ったあたりで竹村は体調を壊し、休みがちになった。担当の七希は心配して連絡を取るが竹村は電話には出ずに折り返しもなかった。

一週間ほど過ぎた頃、竹村からいきなり連絡が入った。電話の向こうでひどく興奮していて言っていることがよく聞き取れない。聞き取れたことは「コールセンターで声を使いすぎたことが原因で、咽頭炎になり勤務できずに休んでいた」ということだった。

「お医者様の診断では何とおっしゃってました」

七希はお見舞いを伝えた後、穏やかに状況を聞いた。

「オペレーターの仕事に就いていることを話しましたが、特段それが原因かわからない。休むほどでもないと言われ、薬も処方されませんでした。ひどくないですか？　でも絶対、仕事のせいでこんなことになったんです。間違いないです」

電話の向こう側で、人が変わったように竹村は激高している。

「そうでしたか。大変でしたね。でも大事がなくて本当に良かったです。連絡しても返事がないので何かあったのかと、とても心配していたんですよ」

「……」

「もし竹村さんが、今後の仕事に不安があるなら契約期間を早めることもできます。どうされたいですか？」

「……残りの契約期間満了までは仕事を続けます。でも次の仕事を紹介してもらえませんか？」

彼は少し落ち着きを取り戻して、次の就業先の紹介を要求してきた。よくある申し出である。七希は、今ある案件の中でできるだけ、希望に沿う仕事を探してみるが確約はできないと、そう正直に答えた。

それから合間を縫っては竹村に合う仕事を探したが、コールセンター経験しかない四十代男性の事務職はなかなか見つからなかった。

そんな折、コールセンターの担当者から竹村が毎日、休んでいると苦情の連絡が入った。勤怠連絡は派遣会社にも入る仕組みになっていたが竹村は七希に連絡を入れておらず、そこが気になった。明らかに様子がおかしい。

七希が電話やショートメール、そして現場まで足を運び、竹村に会いに行くが、結局会えなかった。七希は、留守番電話に心配しているので折り返し連絡が欲しいと何度もメッセージを入れた。いよいよ安否確認のため自宅を訪ねようかと考えていたところ、突然、本人からショートメールが届いた。

内容は新しい勤務先が決まったので、契約を途中終了したいという。

転職先が決まり、派遣社員が契約満了を待たずして辞めることはよくあることだ。

だがさんざん心配させておきながら、いきなり退職したいとの大人気ない申し出に七希はあきれた。入社する時の態度がどんなに良くても個人の人間性が一番よく出るのが辞める時だ。勤務先をホッピングしていく彼らはどこか社会人としての礼儀に欠けたところがあるのも否めない。七希がすぐ電話すると意外にも竹村は電話に出た。

「退職の意向はわかりました。でも連絡がないから倒れているんじゃないかとこちらも随分、心配しましたよ。勤怠の連絡は必ずこちらにも入れてほしかったです。新しい勤務先を先に見つけられなかったことは本当に申し訳ないです。でも今の契約期間も事前に同意の上で契約書を取り交わしているので、期間を全うせず途中終了された場合は今後、当社からお仕事を紹介することはできませんが、その点はご了承いただけますか？」

七希の問いかけに竹村は返答せず、別の申し出をしてきた。

「あのぅ、前回、新庄さんへ話した咽頭炎の件ですけど、あれ、労災扱いにならないですか？　明らかに仕事で声使いすぎたせいで病院へ行く羽目になったんで」

「それは……難しいですね。労災扱いするには手続きが必要です。まずはお医者様の診断書が必要なのと何より、就労不能の状態でないと労災は受け付けられません。怪我や傷病した時点で、派遣会社へ申告しておくことと、就労不能という医師の診断書が必要です。こちらが報告を受けてから、かれこれ一カ月近く経っていますよね。今から労災扱いは難しいと思います」

「それはおかしい。新庄さんの判断でしょう。ちゃんと会社に確認してよ」

その電話の後、七希は社内の法務管轄部署に状況を話し、回答を求めたが、七希と同意見で労災は認められないとの見解だった。ただどうしても本人が納得しない場合は、本人が直接、労災申請するのはかまわないとのことである。

七希もコールセンターの管理者経験はあるが、咽頭炎で労災申請をしてきたスタッフの事例はない。コールセンターはそもそも顧客と話す仕事である。現場は法定通り、十分な有償休憩も設けていた。それに診察した医師ですら因果関係が特定できないと言っているのを労災扱いできると解釈する竹村に対して、ある違和感が生まれた。竹村に折り返し連絡し、やはり労災にできないと伝えると、

「休んだ日の日給まで補償してほしいとは言ってませんよ。かかった治療代と買った薬代を払ってほしいと言ってるんです。サービスが悪い会社だな。評価、書きこみますよ。派遣を働かせて高い利益を得ているくせに、最低だな！」

憤慨した竹村は一方的に電話を切った。言うべきことは伝えたので七希もその後は連絡しなかった。一部の派遣社員の中には、派遣会社は働きもせず、企業に高い人件費を請求し、自分たちの給与をピンはねする楽な仕事をしていると思い込んでいる者がいる。

確かに派遣会社の利益はスタッフの稼働する時間の請求額の利益によって経営が回っている。しかし度重なる法改正で派遣社員の福利厚生は年々、手厚く守られるようになっている。有給付与、スタッフフォローにかかる社員の人件費、そして求人にかかる媒体費用

など相当の経費がかかる。だからどの会社も薄利多売の経営を余儀なくされるのが昨今の現状だった。

請求額と時給の差分が丸儲けになる派遣会社は、むしろ法に抵触するブラック企業といってよい。

そして派遣会社を軽視する一部の派遣社員は自分がそこに身を置き、働きながらも、辞める時、実に心ない言葉をぶつけて辞めていくことがある。

結局、竹村は辞める間際にも、総務に連絡して労災にできないかと粘ったようだったが七希と同じ回答だったので彼の怒りを煽る結果となり、とった行為が裁判所を通じて七希を訴える報復である。また弁護士も立てずに自分で戦うようだった。

早速、七希はそれを上司に報告して、会社の対応に落ち度がなかったかを確信するとコンプライアンスの監査役の桜井も落ち度はなかったことを断言した。

翌日に渡辺と浅田の二人の取締役は社長の岸田剛に訴状の件を報告した。とそこまでの初動は早かった。しかしその後、今後の対応策が七希に一向におりてこない。裁判所に提出する答弁書の提出期日が十日を切っていた。

とうとうこらえきれずに七希は渡辺に進捗を聞いた。

渡辺は「詳細は浅田取締役に任せている」と逃げたので、浅田に直接、会社としてどう対応するのか詳細を聞いてみた。

「訴訟の答弁書の提出日が近づいていますが、私はまだ今後どうするかも聞いていません。もちろん会社の顧問弁護士はつけてもらえますよね？」

「残念だけど顧問弁護士は今回、つけることができません」

浅田は言いにくそうにパソコンを見つめたまま脚を組みなおし、落ち着かない様子で答えた。

「えっ、でも、今回の件は私が独断で回答したことではなく、会社の指示で動いた結果です。負ける気はしませんが、万が一、向こうが弁護士をたててきたら労働者の方が強いので、負ける可能性もあります。会社の判断で動いたのであれば会社の顧問弁護士に相談くらいはできませんか？」

「今回の訴状の被告は会社じゃなく新庄さん個人になっていることと、相手の請求金額が治療費のみで慰謝料も要求していない。つまり弁護士費用の方が高くつく。この二点の状況で新庄さんだけで裁判に出廷してもらうしかない。万一、負けた場合はもちろん会社が請求金を払うということです」

七希は一瞬、自分の耳を疑い、浅田の言葉を頭のなかで理解しようと何度も反復した。

弁護士がつかないのであれば誰が戦うのだろう。自分自身なのか？

しかもその決定を七希が尋ねるまで、会社が黙っていたなんて。社員がトラブルに巻き込まれても助けもしない。こんな社員を守る気もない薄っぺらな会社のために、これまで尽くしてきた自分の誠意が踏みにじられたような悔しさで体が震えた。そして呪詛のような言葉が胸に浮かんだ「こんな会社、つぶれてしまえ」と。


「ではこの会社で働いていて、私以外の人も同じ状況にあった時、誰が社員を助けるのでしょう？　社員は安心して働けないじゃないですか。会社の指示が間違っていても、それを信じて訴訟を起こされても、当事者が対応しなければならないなんて聞いたことないですよ。お金の問題ではないんです。私たちは間違っていない。間違っていないのに敗訴するわけにはいきません」

「気持ちはわかるけれど、私たちに、それを決める権限がないのよ」

日頃、役員顔でもっともらしいことを言う人がいざという時、全く空っぽである、その薄っぺらさに完全に打ちのめされた。

五十代の大切な時間とエネルギーを捧げるに値しない会社だと七希は、もう目を背けずに現実を直視した。今日まで惜しみなく注いできた七希の誠意と健全なエネルギー。

自分はこのまま犠牲者として甘んじるつもりなどない。彼女が失望の視線で浅田を見ると、浅田の瞳に七希に対する怯えが見てとれた。

結局、渡辺取締役と、社長の剛も交えて三人で話し合ったが、合理的に考えて弁護士はつけないことになった。

この成り行きはあっと言う間に社員に広まり、会社への不信感を募らせる結果となった。何人かが七希を励まし、さまざまな解決法を教えてくれたが七希は、自ら動くことにした。悲嘆にくれている場合ではない。自分の真実と名誉は自分で守らなければならない。

裁判所に足を運び、裁判の流れと準備しなければならないもの。そして答弁書の書式の規定や、書き方を事務官から教わった。

すべて自分で進めることにした。自分の証言を裏付ける証拠が必要なので、竹村とやり取りした膨大なショートメールを経緯証拠として整理し、土日も返上で、裁判所に提出する書類をそろえた。

そんな七希の様子を見ていた小川優子が自分にも何かできることがないかと声をかけてきた。そしてこの会社はおかしいと怒っていた。

前の社長、岸田修であれば絶対に弁護士をつけて社員を守っただろうと七希を励ますが、七希は苦笑いするばかりだった。

なぜなら修は以前、同じように派遣社員から訴訟を起こされて敗訴し、五百万近い慰謝料を払った経緯があったからだ。民事裁判は煩雑なうえに、労働者側に有利であることはわかっていた。

「本当はね。今回の件は私も会社の対応に納得できなくて、どうしても答え合わせしたくて修前社長へ連絡を取ってみた」

正義感の強い小川らしい。

「修前社長は『それは会社がおかしい。会社の指示の結果、訴訟されたのであれば、被告が個人名であるなしにかかわらず、会社が守るべきや。俺もそう思う。でも、お前もそう思うなら、今の社長に声を上げろ。陰で言うだけやったら結局、役員と一緒やないか』そう怒られたわ。……でも、今の社長からは嫌われているし、私が進言したところで絶対、決定がひっくり返ることはない。ごめんね。結局、何もしてあげられなくて」

「気持ちに寄りそってくれるだけで嬉しい。ありがとう。自分の感覚が間違ってなかった。そう思えるだけで前に進めるから励みになります。そうだ、答弁書ができあがってね。証拠の整合性がとれてるか、簡潔に伝わるかを誰かに見てもらいたかったから確認してもらえるかな？　誤字脱字も含めて校正をお願いします」

七希が頭を下げて答弁書を差し出すと、小川は「喜んで」と答えて、分厚い資料に目を通し始めた。二人はいつのまにか、タメ口で話すようになり、自然と慈しみあえる仲になっていた。小川の横顔を見ながら、「この人変わったな」と七希は思った。

小川は社歴二十五年の五十七歳。パッと見ると五十代には見えないスレンダーで若々しい容姿をしていた。辞職した岸田修が一番、長く可愛がっていた社員だった。能力の伴わない部長職を与えられ、その恩恵も大きかったが、周りからは反感を買い、彼女は孤立していた。岸田修と小川の仲は何度も疑われたが、本当のところを知る者はいない。

小川の長所は会社に並々ならぬ愛着をもっているところである。そして会社への愛着は社長が代わった今でも細々と生き長らえている。岸田修との仲が疑われた頃、小川は離婚して父親と二人暮らしをしていたが、父親の認知症の発症を機に昨年、父親を施設に入所させていた。

そんな背景もあり、岸田修が辞めた後も働かなければならなかった。人に取り入るのが巧みで負けん気が強い。自分の思い通りにしようと策を練るも、顔色や言動ですぐにばれてしまう。仕事も他力本願で甘いところがあるが、今では七希の右腕となってよく動いてくれている。

また七希がチームに求めることも正確に理解して、裏でメンバーから出てくる愚痴をいさめたり、調整役も買って出てくれるので七希は助かっていた。

「室長、文句の多い乾さんと宮園さんを引き継いでくれた時、本当は心の底でほっと安心した自分がいたんです。あの二人は文句が多くて、私も手こずっていましたから」

小川は二人きりになった時、何度かそう七希にこぼしたことがある。


答弁書を読み終えた小川が顔をあげて微笑んだ。

「十分伝わってきました。この内容だと裁判官に伝わると思います。ほとんど手直しはいらないと思いますよ。あとは誤字脱字、ここところ」

自分が最低の時も誰かが見守り、味方となって手をさしのべて助けてくれる。そう考えると、七希の心にふつふつと勇気が湧いた。

期日前に答弁書を裁判所に提出した帰り道、七希はこの状況を絶対にのちのち誇れる結果にしようと決意した。

ドラマでもないのに仕事で訴えられるなんて滅多にできる経験ではない。北浜の駅へ続く難波橋を渡りながら、途中で川面をしばらく見つめた。中之島公園のバラ園は盛りを過ぎて秋も深まっていた。

裁判の口頭弁論の当日、七希は傍聴者となる役員と一緒に大阪裁判所へ向かった。セキュリティチェックを受けながら、所内の人の多さに世の中にはこんなにたくさんの争いが存在するのかと驚いた。

時間前に、指定の法廷室に向かうと、紺のスーツを着て整髪した竹村がすでに廊下の椅子に座っていた。まるで別人のようだった。確か竹村は一流大学の法学部出身であったことを七希は思い出す。竹村は七希の姿を認めると爽やかに立ち上がり、言葉を交わさず、互いに儀礼的な一礼を交わす。それは奇妙な感覚だった。

粛々としながら七希は毅然と立ち向かう覚悟を決めた。

「では入廷してください」

裁判所の事務員がそう言って扉を開けた。

七希たちが座った後、続いて裁判官が入廷する。両者に弁護士はついていない。裁判はドラマで見るより簡易的で大きな会議机を並べた場所で行われた。事務官が被告と原告の座る席を指示した。腹だたしいことに七希の左隣に、竹村が座り二人は並ぶ形となった。

事務官が今回の訴状を読み上げた。

被告人として裁判官に何か問われた時に備えて、すべての出来事と回答は七希の頭の中に入っている。

日時、相手の言動。そして自分が回答をしたその真意、等々。

しかし裁判が始まると裁判官は、七希に一度、尋問しただけで、尋問の矛先は主に竹村に向けられ訴状内容の矛盾をついた。

慰謝料請求をなぜ会社ではなく担当者営業である個人にしたのか。

訴状に原告の利益を著しく侵害したとあるが、その内容の詳細がどこにも明記されていないのはなぜかなど、何度も原告に問いただした。

事前に両者の答弁書に目を通している裁判官は、七希の答弁書を正確に理解してくれていることがわかる尋問である。裁判官はよく通る声で続ける。

「新庄さんは会社の一社員です。仕事上の怪我で労災にすることを怠ったのは会社だとするならば、なぜ会社を訴えなかったのですか?」

周りを制するような圧力のある声で裁判官が竹村に問う。

「治療費を払ってくれるならどちらでも良かったんです」

竹村は苦し紛れに答えた。

「それは答えになっていない。今回、あなたは会社ではなく新庄さん個人を訴えてますね。

新庄さんがあなたの利益を著しく侵害した具体的な詳細を答えてください」

「労災申請で受け取れるはずだった医療費の申請を彼女が拒否したからです。だから彼女が会社からもらっているインセンティブで医療費を払ってもらおうと考えたからです」

竹村は七希が会社からインセンティブをもらっていると思い込んでいたようだった。世の中には、いろんな考えをする人がいるのだと七希は思った。それにしても一万円にも満たない医療費の請求で訴訟を起こすなんて人の怨みの感情は底知れぬ恐ろしさがある。

「彼女は会社の指示で、労災申請の規定に当てはまらないことを受け、竹村さんあなたへそのことを伝えた。この訴状に書かれている職務怠慢でも、利益の侵害にもあたらない。それなのになぜ新庄さん個人があなたの医療費を支払わないといけないのですか?」

竹村は意味不明なことを何度も口にした。発言の矛盾が大きくなるにつれて裁判官の声の圧が強くなった。

そして約三十分で閉廷した。閉廷してもなお、竹村は裁判官へ「ちょっと聞いていただけませんか?」と食いついた。

「竹村さん、裁判はもう終わりました」

裁判官は事務的に言い放って、法廷室を出て行った。残った事務官が、追って判決は書面で送ると言い渡されて裁判は終了した。

勝訴の手ごたえを感じることで七希は安堵をおぼえたが、彼女の心に別の感情が生まれていた。

この会社は自分を生かす環境ではないという確信めいた思い。自分が竹村に伝えたことは確かに間違いではなかったが、彼をそこまで駆り立てた怒りの根源に、会社の体質や自分の対応に問題があったのであれば、自分を正さなければならない。けれど今の業務量では、とても余裕のある対応など叶わない。


一カ月後のその年のクリスマス当日に、判決結果が郵送で届いた。

「竹村の訴訟は否決とする」とあった。七希は勝訴したのだ。

社内もこの話題で持ち切りとなり、社員は七希を労う言葉をかけてくれたが、ここに至るまでの七希の心の苦しみを知る者は一人もいなかった。

この先、この会社にいても同じことが起きた時、自分で身を守らねばならない現実は彼女を明るい気持ちにさせなかった。この環境に自分は今後も耐えられるのだろうか。

ひょっとすると今回の事例は自分が置かれている状況を判らせるための試練だったのではないかとさえ思えた。その思いは日を追うごとに強くなっていった。

消える執着と新しい景色

年が明け、最終四半期の売り上げ達成の追い込みが始まった。

どの部署も売り上げが未達の状況の中、第二営業部だけは年間売り上げ予算を達成できそうだった。

しかしその結果を見越した売り上げ未達の管理職たちは、もう次年度に目を向けて第二営業部の実績に触れる者はいない。相手を認めることを恐れ、称え合うことがない。業績を通じて繋がりたいのに繋がれないことに七希は深い落胆を覚えた。

無視と否認の空気をつくりだして後味の悪い期末を迎えた会議の終盤、一番若いマネージャーが声を上げた。

「どうして皆さん、第二営業部の目標達成を褒めないのですか？」

真面目に未来に向き合う若手のリーダーたちは言葉にして第二営業部の変化や目標達成を褒めてくれた。するとバツが悪そうに、その場にいた全員が、取り繕うように七希に称賛の声をかけた。七希は小さく苦笑した。

去年も一昨年も同じだった。いやずっとそうだったと七希は振り返った。苦戦を予期し不安になりながらも新しいことに挑戦するとき、そこには何かしら特別な魅力を七希は見出そうとした。まだ手つかずの真新しいノートを差し出された時のように、努力の跡が残る第一章を書きおえ、それを後任者に引き継いでいく自負心が彼女を支えてきた。

達成できなければ責められ、達成すれば嫉妬を受けたが、どのような無理難題を言われようと、社内で社長と直接話せる立場にあることは、自分の地位を維持していく大きな原動力になっている部分もあった。そして与えられた土地が、たとえ未開地であっても種を蒔き続けた。実った途端、後ろで男たちが刈り取ってしまうことが分かっていても見ないふりをしてきた。

だがもう十分だった。実を刈り取られた土壌には七希がつくりあげた実績という執着の根が幾重にも地中で絡まり合っていたが、その隙間を縫って、地上に芽生えた新しい萌芽はたくましく、まっすぐに伸びようとしていた。

何かを生み出す力。それでも負けないで伸びようとする心。それはこの会社で得た唯一の大いなる学びとなって折れない心を育むことができた。

その年の二月、横浜の山中支社長が大阪に戻ることが決定した。支社長の後任候補は入社二年目の浜田と驚く人事である。密かに社内で新たな体系が整えられ、それが動き始めていた。これまで何度も嗅いだことのあるキナ臭い人事の風を七希は敏感に嗅ぎ取った。

彼女は小川にこっそり探りを入れる。

「ひょっとしたら、来期の私たちの上司は山中さんになるかも……」

「えっ、それはないわ。あの人に何ができるの？　私たちがあの人の下！　それは考えられへん。室長、なんか人事のこと聞いてる？」

「いや、何も聞いてない。でもなんとなくそんな予感がする」

情報通の小川でも本当に何も知らないようだった。ブラック体質の広告会社で働いていた山中を引き抜いて、転職させたのが彼女で、誰よりも彼の性格を知っていたからだ。

自分にすがりついて拾った人間が、自分の上司になることは小川にとっては受け入れがたいことだった。七希も彼女の動揺が痛いほどわかる。

ある日の午後。七希が昼食から戻ると、社内にいた社員が一斉に七希を見た。

何かあったな。そう思いながら席に着くかつかないうちに浅田取締役に呼ばれた。

会議室に入ると総務の社員もそろっており、いつもと様子が違う。

「なんだかこのメンバー。珍しいですね。また何かありました?」

少しおどけ気味に七希が声をかけても、誰も反応しない。

「本当に、怖いんですけれど。私、何かやらかしました?」

浅田が手帳を開いて、七希の顔を見ずに話しだした。

「実は新庄室長が担当していた保育士の神坂理恵《かみさかりえ》さんのことなんだけど……　さっきお兄さんから連絡があって、昨夜、自死されたそうです」

「……えっ!」

「ご自宅の二階の自室で亡くなられているのを、明け方、妹さんが見つけられたようです」

「えっ、どうして、そんな……。だって二日前、電話で話したんですよ。最近、体調を崩していて休みがちだったので……。でも電話したらもう調子もいいから明日から保育園に出勤しますって明るい声で言ってましたよ」

七希の声が震えた。そして最後の神坂の声を思い出すと喉がつまって涙があふれた。

「新庄さん、神坂さんが鬱《うつ》病って聞いていた?」

「えっ、いいえ。一言も聞いてなかったです。ただ時々、唐突に電話してきては母親の介護が大変だと言っていました。話しだしたら止まらなくて。きょうだいの中で自分だけ結婚してないという理由で、なんで親の面倒を全部、押しつけられるのかわからないといった愚痴を何度もこぼしていました」

「その時、もう鬱《うつ》がかなり進行してたみたい。ただ妹さんからの伝言で、派遣営業の新庄さんがよく話し相手になってくれて助かったって。大変、お世話になりましたと仰ってました。だから新庄さん、自分に落ち度があったなんて責めないでほしい」

浅田の声が遠くに聞こえた。最近まで話していた人が急にこの世からいなくなる衝撃に七希は混乱するばかりだ。

長い間、数多くのスタッフを担当してきたが、こんな経験は七希も初めてだった。

頭の中で、「なぜ?」が繰り返される。声を発するのがやっとだった。

「神坂さん、保育園の先生からも信頼が厚くて、教室に入ってきた時は、元気いっぱいでぱぁっと部屋の空気が明るくなるから、子供たちにも慕われていると褒めていました。本人からも、家に帰ったら介護はつらいけれど、保育園に出勤して子供の顔を見ると、ほっとする。逆に子供たちに自分が救われているんだと楽しそうに言っていました。そんな人が、急に亡くなるなんて。まだ信じられません」

七希のやりきれない悲しみの感情が部屋にいた社員に伝わり、皆、すすり泣いていた。

神坂理恵が勤めていたさくら保育園の園長にその訃報を伝えると、七希と同じように動揺し大きな衝撃を受けていた。

園長はせめて通夜と葬式に参列したいと申し出たが、今回は、身内だけで葬儀をすませたいという遺族の意向を伝えると、電話の向こうですすり泣いた。

葬儀が終わった後、保育園に置いていた遺品の引き渡しの件で神坂の兄と電話で話した時、妹が大変、世話になったと礼を言われた。七希は後ろめたさで胸が痛む。

結局、彼女の気持ちを解放させることはできなかったからだ。

思えば神坂は福祉にその人生を捧げた人だった。保育で社会に尽くし、介護という福祉システムにのまれて耐えきれなくなり、将来に希望をもてず、独身のまま四十五歳の若さで死を選んだのだ。神坂の兄の言葉が胸を衝く。

「安い給料でいつまでも保育士なんか続ける妹の気持ちが理解できませんでした。そんなに子供が好きなら、さっさと結婚して自分で子供を作ったらいいのにと何度も思いましたよ。でも子作りも相手あってのことですからね」

こういう心ない家族の言葉に、彼女は何度も傷ついてきたのかもしれない。

「……でも、妹は保育園で評価されていたんですね。初めて知りました。実は母親にはまだ妹が亡くなったことを伝えていないんです。認知症の進行が早くて、ほとんど何もわからないので。だけど最近、何か感づいたのか、私にしょっちゅう、理恵はどこやと聞いてくるんです。……それが辛くて。朝起きると理恵を探し回る姿は耐えられないんです」

神坂の兄は急に声をつまらせ、電話の向こうで小さな嗚咽をもらした。

七希も引きずられそうになる。遺族は七希がよくやってくれたと言うが、実際、神坂から電話がかかってくると彼女の長話を疎ましく感じることがあった。とりとめのない出口の見えない会話が延々と繰り返される。

話を半分、聞き流していることもあった。忙しいことを理由に電話に出ないこともあった。七希の業務はいつもオーバーフローだったからだ。神坂理恵だけに関わっていることはできない。だから神坂の妹が言うように優しい人間では決してなかった。

七希は改めて思った。隣にいる人のぬくもりがわからない。

人材業に長く身をおいていると最初は胸が痛むこともやがて慣れっこになる。好きな人も嫌いな人も出会ってはさまざまな理由で去っていった。『あなたたちとの出会いは何だったのでしょう。私の生活はそうやって寄せては返す人の波にもまれながら、今も毎日を過ごしている』

七希は自分のなかで何度も自問自答した。

神坂の死から半月も経たないある日、新しい次年度の組織と売り上げ目標が管理職それぞれに内示で発表された。

第二営業部のメンバーは変わらないが、次年度の売り上げ目標は二倍になっていた。そして予想通り、横浜支社で予算が未達にもかかわらず営業部全体の長は山中になっている。

「この数字は、何を根拠に出されたのでしょうか」

七希は感情を表さず、組織図を見ながら渡辺に問うた。

「会社は成長していかないといけないからね。どの部署も今年は厳しい数字が上がっているよ」

「以前から感じていたことなんですが、いったい何のために会社は成長するのでしょうか。管理職がこんなこと聞くのは失格ですよね。でも私たちの部署は目標売り上げを達成したにもかかわらず誰も昇給しない。今後インフレが加速するのに昇給の見直しもない。そのうえ、今の業務量でも全員が手一杯なのに売り上げが二倍なんて、いくら何でも無茶ではないでしょうか。この予算の根拠を教えてください」

「マネージャーであり室長の新庄さんが無理なんて言っちゃいけないよ。どの部署の管理職もできるかどうかわからないけれど、会社って、とにかく与えられたことに取り組むことが大切じゃないのかな。それに、今回、ほとんどの人が昇給していないよ」

「今期の売り上げをうちの部は達成したのですから、他部署と一緒にしないでください。根拠のない机上の数字に疑問を感じているのです。トップが根拠なく決めた数字をおろして、マネージャーはただ黙ってメンバーに伝えるから社員は最初から無理だと思いこんで士気を下げてしまう。だから目標はいつまでたっても未達のままで評価の機会もなく悪循環になっているのではないでしょうか。結果どんなポテンシャルのある人材が入ってきても、自己肯定感が持てず、澱《よど》んだ社風に染まってしまう。これが、うちの会社の問題のように思えてなりません」

「でも成長なくして会社は成り立たない」

「いったい誰のための成長ですか。社長ですか？　社員ですか？」

渡辺は黙り込んだ。脆弱《ぜいじゃく》な組織体制がそこにあった。七希の夢の優先順位がもう仕事でなくなっているのが自分でもわかる問いかけだった。

七希自身はもう、「いつか」叶える夢ではなく「今」叶える夢を追いたいと思っていた。

「せめて予算会議には参加したかったです。マネージャーにはその権限すら与えられていない。言われたことだけを聞く管理職であれば、私がこの会社にいる意味はもうありません。退職させてください」

これまで全力で走ってきたが、いろんな疑問が七希を揺さぶっていた。その揺さぶりは年々小さくなるどころかむしろ大きくなってきたところに、竹村の件、そして神坂の事件が重なり一つの答えに向かっていた。

神坂が愚痴を他人に吐くのではなく、もし家族に真剣に介護について相談し、助けて欲しいと訴えていたら、彼女はあそこまで思いつめられなかったのではないか。心にどす黒い思いをくすぶらせながら、いつかは報われると信じていた彼女はある日、その日が来ないかもしれないことを悟った。

七希自身も同じだ。初めての営業部署を任され売り上げ目標を持った。しかもメンバーは参事という立場のプレイヤーだが、七希より高い給与で最終責任も持たず守られている。その理不尽さもこれまで甘んじて乗り越えてきた。

何度も湧きあがる疑問にもがきながら、いろんな感情をひきずってここまでやってきた。

会社は管理職に高い人間性を求めるが、その人間性とは上からの指示に疑問を持たず、会社や組織に忠誠心を示す従順性であって、根本はルーズ・ウィンの考えが前提なのではないかとさえ思えた。

自分の人生の線路を切り替える時がやってきたと七希は思った。この一年は自分にとって集大成にふさわしい一年だった。最後にまた現場のスタッフと関われたことで実に多くの現実を学ぶことができたからだ。

いつも役員の期待を受けながら、会社を引っ張っていく長女の役割を長くこなしてきた。初めて入社した時、赤字の派遣営業しかなかった会社に業務委託で利益を出す仕組みを作った。気乗りせずに軽い気持ちで入社した後、いくつもの困難を乗り越えるうちに、いつのまにか定年まで報いる気概で、いくつものプロジェクトを根づかせて雇用の果実を実らせた。

今やその業績は会社の売り上げの七割を占めているが、今の委託現場は成長しすぎたバベルの塔のように、その頂上は厚い雲に覆われて七希にもうかがい知れなかった。しかしそんなことはもうどうでもいい。結果よりも、その過程を通して自分は成長できたと心から実感できたからだ。

現在の七希といえば、役員や社長と直に話せる立場になり、多くの試練という成長のチャンスも与えられた。最後は苦手だった営業でも自信をつけることができた。思えばチャンスさえ与えられずに無念に会社を去った社員もいたではないか。

七希はこれまで、自分の孤独にばかり気を取られ、自分が幸運であることに気づくことができなかった。数字の実績の勝ち負けにこだわるあまり、立ち止まって後ろから自分を必要としてくれる人に何人、向き合うことができただろうか。

部下の乾、訴訟の竹村、そして神坂。もう一歩、彼らの立場に寄り添えていたら、何か好転しただろうか？　それは永遠にわからない。けれどこれまで心を占めていた怒りや不信感、そして嫌悪の感情を捨てると、仕事に身を捧げることができた感謝の気持ちがあふれでて言い表せない充足感を感じた。

『不思議の国のアリス』の本の一場面が七希の頭をよぎる。

「ドリンク・ミー」と書かれた飲み物を飲んだアリスは部屋いっぱいに身体が大きくなり、身動きが取れなくなってしまう。七希も会社で多くのことを知りすぎてしまった。だから会社員としての自分の未来や天井が見通せてしまう。単なる杞憂かもしれないが、ここにいても自分をこれ以上、奮い立たせる希望や自分にとって本当に手に入れたい必要なものがどうしても見いだせない。自分の職位やこれまで積み上げた信用や努力。これらは時に七希に揺るぎない自信を与えてくれた。「悔しさ」という負の感情は更なる情熱の薪となって彼女の原動力にもなった。

けれどこれが自分の本当のやりたかったことなのか？　今、一人の人間として幸せだと言い切れるのか？「私は最初から自由だった。とっくに自由だった。けれどいつも周りからの期待に応えなければ自分は存在する価値がないと思い込んでいた。同調圧力に屈しないと抵抗しても、どこかで孤独を怖がっていた。本当に自らの自由を奪っていたのは、他ならぬ誰でもない。自分自身だったのだ」そう彼女は気づいた。

いつしか自分のことを伝えることが少なくなっていた。

人と接し、話し込んで気分を高揚させ、情熱がほとばしることがほとんどなくなった。

今の自分に夢を追いかける力はあるだろうか。また自分の夢は何だったか思い出せるだろうかと彼女は考えた。心が通わない組織のなかで振り回されたり、世間の評価の呪縛からそろそろ解放されてもいいのではないか。今がまさにそのタイミングなのではないか。

次の人生のステップに進みたい。その気持ちはいつのまにか心からの渇望に変わっていた。退職を決めた時、自分の未来をあつく覆っていた霧が晴れて、未来のイメージがぼんやりと、いやはっきりと現れた。七希は自分の決定に全く迷いを生じなかった。彼女の心のなかはただ無風で、感情の嵐や水しぶきは一切、起こらなかった。

いつだったか以前、別の会社を辞める時に母の和枝に相談したことがあった。七希は和枝のそのときの言葉を思い出す。七希の選択を信じてくれていた母。

「あなたがその会社で果たす役割は、もう終わったのかもしれないね」

当時は素直に受け取れなかった和枝の言葉が、今の七希の心にすとんと落ちていた。

新たなページ

ずっと働く気でいた会社の最後の出勤日を迎えた朝、七希はまだ信じられない気がした。けれど胸の中は清々しい満ち足りた思いで目覚めた。

退職を正式に公表した日、グループ会社の取締役から思いがけず電話があった。

「おい、どうしたんや。上手くいってるって周りから聞いてたけど、何かあったんか？大丈夫か？」

七希は二度しか言葉を交わしたことのない上司に、気遣われていることに感謝し、他に進みたい道があるからと明るく答えた。グループ会社の営業マンと取引先を回った時も、温かく見守ってくれた年配の取締役である。

小川、宮園、乾の三人に直接話した時は、小川は何も言わず何度もうなずいた。そして七希に反発していた乾は「私が嫉妬でさんざん室長を手こずらせたせいだ。本当に申し訳ない」と泣き出して周りを驚かせた。

そんな周囲の思わぬ動揺に真っ先に配慮を示したのが、渡辺取締役だった。横浜支社も含めた全社員が参加する合同会議で、渡辺は七希の心中を察して、皆に退職の報告をした。

「新庄室長は突然のことですが四月をもって退職されることになりました。彼女がこの会社に残したものや貢献は大きく、これからも期待していましたが、彼女には他に自分の進みたい道があり、そのために数年かけて準備もしてこられました。だから皆で応援する気持ちで快く送り出してあげてください」と。

その表情は取り繕うものではなく、心からの応援に満ちていた。

合同会議の二日前、引き継ぎの進捗報告していた時、渡辺は唐突に話を切り出した。

「新庄さんから辞めると聞かされた時、実は僕が一番動揺したよ。だって新庄さんとは入社した時から組んでいた仲でしょう。委託現場は、今は山下さんがとり仕切ってくれているけれど、この会社を大きくしたのは間違いなく僕と新庄さんだと自負している。僕も取締役までなったけれどオーナーの機嫌が変わればいつ切られるかわからない。だから君の決心で、相当、考えさせられたことや反省もたくさんあった」

渡辺は決して自ら謝ったり反省したりする男ではなかった。しかし彼の告白を聞きながら、この人も孤独の中で日々、悩んでいたのだと理解できた。薄いシールドをはがした等身大の一人の会社員がそこにいた。もしかすると心の迷いを隠すために私たちを引っ張っていくために、渡辺は感情を表さず理論武装していたのかもしれない。それは七希も同じで二人はもしかするとコインの裏表のように同じ人種だったのかもしれない。似ているから互いに一線を引いてしまう。

仕事人間の渡辺が、新しい事業を始めるとき、必ず七希に真っ先に、熱を持って語っていたことを思い出す。あれは彼なりの相談だったのだ。渡辺は彼女の反応を見ながら、実は七希のいるべき場所をつくってくれていたのかもしれない。なのに七希は先に出世していく渡辺の側面だけしか見ていなかったのではないかと思い至った。そして渡辺に言葉では言い表せない同志としての感謝の念を抱いた。

折を見て七希は三木にも自ら声をかけた。

「今、少しよろしいですか？」

ずいぶん長い間、自分から声をかけることもなかった。三木は会長から顧問になり、週二日程度の出勤になっていた。三木は机から顔を上げると昔のように笑顔で答えた。

「おう、いいよ」

懐かしい笑顔だ。七希はかつてこの笑顔に励まされ、毎日、現場や新しいプロジェクトの進捗を彼に報告していた。

会議室で退職が決まったことを自分から報告する。

「そうか。それで次はどうするんや。……いや、ええわ。新庄さんのことやから心配ないわ。でも最近、少し寂しそうに見えたから心配しとったんや」

「ご心配をおかけしてすみません。でも顧問、自分でも驚くぐらい、今は満足しています。皆さんに迷惑をかけるのは忍びないのですが。

特に三木顧問。顧問には大変、お世話になりました。プロジェクト拡大の時、色んなアドバイスもいただきましたし、日本中も飛び回らせていただきました。様々なお立場の方と対話し、それぞれの考えを理解しながら、課題を先読みする力をご教示いただいたのは、他ならぬ三木顧問のおかげです。……その後、意見の相違もありましたが……」

「新庄さん、あんたは噛めば噛むほど味のある面白い人やった。わしもあんたと話してたら、前職のようにどんどんアイデアがでて楽しかったわ。でも最近の子はあかん。噛んでも何の味もせえへん。淡白はあかんで、そのままでいきや」

「はい、ありがとうございます。嫌われない程度の癖は手放さないでおきます。ところで顧問、いつだったか前職で本部長だった時、どんな気持ちだったかお聞きしたこと、覚えていますか？　顧問は『たった一人で孤独やった』とおっしゃられた。部長は十二人いて助け合えるけれど本部長は一人だから孤独だと。

あの言葉は今も心に残っていて、新事業を始める度に、励みになりました。先が見えなくても踏みとどまることができました。本当にありがとうございました」

「そうか。そんなこと言うたかな。もう忘れたわ」

そう三木はうそぶいた。挨拶をして立ち上がった時、三木はつけ加えた。

「でも委託は本当にご苦労さんやった。夢が叶ったわ」


横浜支社の社員からも、皆、個別で七希のもとに送別の連絡が入り、互いに別れを惜しんだ。現場で管理者を務めてくれている井坂と話した時、意外にも彼女は驚かなかった。

「初めて新庄室長とお会いした時、この人はいつか会社から飛び立つ人だと最初から感じてました。むしろ遅いぐらいです。早く好きな道に進んでください」

想定外の言葉だが、七希と気が合うのはこんなところだと改めて実感した。

大事な取引先と案件を、チームを支えてくれた小川に引き継いだ。

「いやぁ、新庄さんからはいろいろな事を学ばせてもらったし、面白かった。実は営業の数字を達成できたのは入社して初めての快挙やった。それから秘密その二。私と新庄さん、同じ年って知ってた？」

「はぁ！　同じ年なのに、長い間、楽な仕事させてもらってたんだ。私との差は何？　まぁ、いいよ。小川さんにはずいぶん助けてもらったし。乾さんと宮園さんの不満を陰でせき止めてくれてたのは知っている。本当に助かりました」

「私もあと一年、踏ん張ってみようと思う。この一年は自分が身を置くにふさわしい会社かどうか、転職先も含めて真剣に考えて決める。自分の人生やからね」

七希と小川は心から笑った。

三月半ばの朝礼で、岸田社長は全社員の給与を新年度から七％昇給すると告知した。七希は会社を去ることになったが、自分の声が役員を動かして、社長に届いたことに感謝した。

初めての営業も、負けるかもしれない裁判訴訟もどうにか乗り越え、最後の社員への貢献も叶ったことは十分に自分をほめるに値する。これで心おきなく未来へふみだせる。

時間は有限だ。五十代も後半になって、人生にも会社員生活にも終わりがあることが本当の意味で実感できた。この貴重な時間を新しい人生の可能性に賭けたいと思った。

自分を軸にして何か別の道を選択すると、必ず見えてくる世界がある。

出勤最終日。七希は皆の前で挨拶した。挨拶の内容は直前まで考えたが、数えきれないほどプレゼンをしてきたのに、自分事となると何も思い浮かばなかったので、その場の流れに任せることにした。十二年の歳月を言葉にするのは難しい。自分に向けられる視線は温かいもので、感謝の言葉と今の自分の気持ちを素直に伝えたかった。新しい人生のまっさらなページをめくろうとしている自分。未来への搭乗券を手に、スキルと経験をたくさん詰めたスーツケースを携えて、出国審査を待つ人のような興奮と不安、そして何よりやり直しではない、ゼロの未来に向かう楽しさを伝えたかった。

渡辺取締役からの最後の送辞の後、

「新庄さん、本当にお疲れ様でした！」

と大きな花束を受け取った。渡辺は七希の目を見ながら本心から労っていた。両手に生花の重量感がずっしりと伝わる。それは七希がこれまで歩んできた幾星霜もの月日の重さだった。思わず七希は花から放たれる優しい香りを両手で抱きしめた。

最後に七希は役員を含めたすべての女性社員へミモザの花を一房ずつ餞別《せんべつ》に贈った。街中の花屋には鮮やかで美しい黄色を放つミモザが飾られ、新しい春の訪れを告げていた。ミモザは国際女性デーに贈る花だ。女性の活躍と豊かな人生を応援するために選んだ花だった。幸せの黄色のミモザを贈ると、どの女性も顔をほころばせた。七希は皆の微笑む顔を忘れずにおこうと心に刻んだ。

自分自身と向き合い、自分の人生を豊かにするのは自分の意志と行動でしかない。七希はこの日ほど、素直な自分にもどり、この会社を愛しんだことはなかった。きっと時間が経つにつれて会社への想いをもっと色濃く深く感じることだろう。

この先、どの道を選ぼうと、また何度も転ぶだろう。
そしてその度に、差し伸べられるたくさんの周りの手を借りて、自分の足で立ち上がり自分の人生と向きあい進んでいきたい。

エピローグ

ウクライナとロシアの戦争の影響で、航路はシベリア上空を飛べないため、日本とヨーロッパを結ぶ直行便が減り、急なバルセロナ行きで取れた航空経路は、アジアと中東を二回、乗り継いでスペインに入国する空路だった。

しかし七希にとって幸いだったのは、直行便ではなく、少しずつ日本から時間をかけて離れることで、会社生活が本当に終わったと実感できたことだった。

三年半ぶりの海外への渡航である。

会社に辞表をだした翌朝、目覚めた時、真っ先に頭に浮かんだのが、なぜかサグラダ・ファミリアの建物だった。ここ数年、スペインの建築物が気になっていた。いつか時間ができたら行きたいと思いながら休みが取れず、日々を忙しく過ごしていた。しかし2019年、パリのノートルダム大聖堂が火災で焼け落ちる様子を七希と貴志はテレビで言葉もなく呆然と見ていた。石造りの建物は永久にそこに存在すると心のどこかで信じていたからだ。この世の中に絶対はない。世界の状況も環境も刻々と変化している。

そうだスペインへ行きたい。一生に一度は見たかったアルハンブラ宮殿。ビルバオにあるグッケンハイム美術館。行く行く詐欺になりつつあったサン・セバスチャン。そして真っ先に思い浮かんだ、三十年前、二十代で初めて訪れたサグラダ・ファミリアも訪れてみたい。随分、完成に近づいたと聞いているが、もう一度、この目で確かめたかった。

二十代に感じた将来に対するあの不安を、十分な時を経た今の私はどう感じるのだろうか。聖堂の変化を間近で見てみたかった。目の前の未来はまっさらだ。また新しい絵がいくらでも描ける。夫の貴志と共に二人でスペイン中を周遊してみよう。

その日から七希は取りかかっていた就活をいったん中止した。アウトプットばかりが何年も続いていた。今は自分のためにインプットが必要だった。思いきってキャリアブレイクしてみよう。そう一度決めてしまえば、毎朝、目覚める度に何事も起こらないようにと鬱々と願っていた朝とは全く違う朝がおとずれた。

まずは日本からマレーシアを経由する頃には貴志と将来のことを気兼ねなく話すことができた。そしてそこからカタールのドーハへと飛ぶ。カタールを訪れるのは初めてだった。最新の設備を備えた空港は二十四時間、不眠不休の不夜城のように輝いていた。建築ラッシュに沸く、これから勢いよく発展する国の力強さを感じた。

世の中、まだまだ知らないことだらけだ。七希にとって「知らない未知」は新鮮な憧れそのものである。

ドーハのハマド空港からバルセロナ行きが深夜便で飛び立ち、二人はすぐに眠りに落ちた。

機内アナウンスと同時にギャレーから機内食の朝食の匂いが流れてきて、七希は目を覚ます。機体の窓を開けると青い海原の向こうに陸地が見えた。眠い目をこすり、やっと着いたと思った瞬間、視線はある一点を捉えた。

「貴志！　あれ、見て！」

となりの夫を揺り動かす。

「ほら、あそこ！」

飛行機はバルセロナの海岸線と並行して飛んでいる。

その平坦な陸地の一点に、紛れもない、いくつもの小塔をもつサグラダ・ファミリアの建物を認めたからだ。それはゆっくりと視界の左から右へと少しずつ流れていく。七希はいつのまにか泣いていた。以前に感じた不均衡さがなくなり、その壮麗な姿の聖堂は、遠くからでも認められるほど、大地に根を張るように堂々とたたずんでいた。あふれ出る涙はそのままに、この景色を一瞬たりとも見逃さず一生脳裏に刻みたいと、空からの景色に見入った。

サグラダ・ファミリアもアントニ・ガウディ亡き後、設計責任者は何代にもわたって代わっている。ガウディの構想を引き継いだ建築家が想像を働かせ創造した建物は、それぞれ違った個性を織り交ぜながら共存し、完成を迎えようとしている。

人生も同じではないだろうか。様々な年代の自分、経験、感情の揺らぎ、スキル、不安、それらがない交ぜになって自分という建物を生涯をかけて創りあげていく。

それは時に自分が想像したものと違う造形になるかもしれない。

いや、未完のまま生涯を終えることもあるかもしれない。

明日、ステンドグラスの窓から光が差しこむ聖堂の中に身を置いている自分の姿を想像してみる。

その時、自分はいったいどんな感情を抱くのだろうか。

「バルセロナの気温は二十七度。天気は快晴の模様」

機長の声がそうアナウンスすると、飛行機はゆっくりと旋回しながら降下をはじめた。

あとがき

小説が書きたかった二十代の頃、何の構想もネタもない私に、「小説を書くのに年齢は関係ないよ。五十代になってから書いても全然、遅くない」。

そう言って励ましてくれた友人の言葉がずっと頭から離れなかったのが、その想いを今回、ようやく夢として実現することができました。

出版に際し、私の背中を強く押してくれた家族。そして働く背中をずっと見せてくれた母に、まず心から感謝を伝えたい。

また初めて書いた拙文に目を留め、出版というご縁につないでいただいた文芸社企画部の中村太郎様、そして的確な提案で推稿に迷った時も丁寧に対応いただいた編集部の西村早紀子様にも重ねて感謝、申し上げます。

この本を最後まで読んでいただいた読者の皆様、本当にありがとうございました。どのような状況でも皆様が新しい一歩を踏みだすことで日々の幸せが実感できますよう、心より願っております。

著者プロフィール

月島 美雨（つきしま みう）

大阪府出身。
プログラマーから転身し、人材サービス業に25年間従事。主にアウトソーシング事業の立案・構築・事業企画に携わる。
多くの人と繫がる仕事を通して、前向き、後ろ向きの自分と向き合いながら、学びの日々を過ごす。

趣味は旅行。その角を曲がったところにある新しい何か、まだ見ぬ世界、そして一瞬の出会いをいつも楽しみにしている。

彼女にミモザを贈るとき

2025年1月1日　初版第1刷発行

著　者　月島 美雨
発行者　瓜谷 綱延
発行所　株式会社文芸社
〒160-0022　東京都新宿区新宿1－10－1
電話　03-5369-3060（代表）
03-5369-2299（販売）

印刷所　株式会社フクイン

ISBN978-4-286-25929-1